新刻全像忠義水滸傳六卷

何九叔看武大屍首

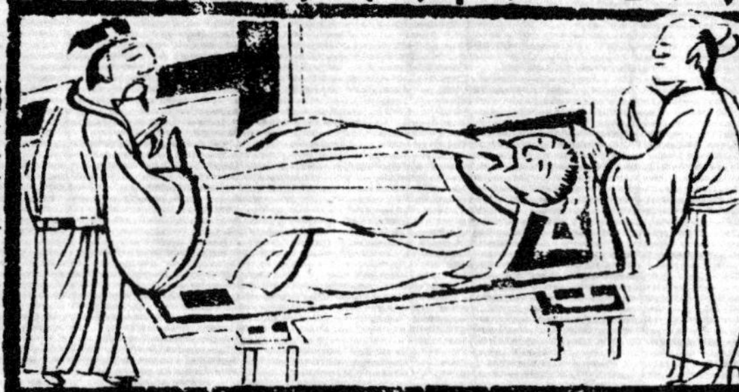

○第二十五回　鄆哥報知武松　武松殺西門慶

可怜征夫恋野花　因貪酒色受波渣　亾家丧已皆因此
破業傾貲總為他　半晌風流有何益　一般滋味不須誇
誰知禍起蕭牆內　血污街前更可嗟

却說何九叔看了武大屍首跌倒在地下衆火家扶住漸〻甦醒兩個火家擡回家裡床上妻子坐在床边啼哭何九叔曰你不要啼哭我却無事因去武大家入殮巷口迎見西門慶請我去吃酒把十兩銀子與我說道所殮屍首凡事遮盖我到武大家裡見他的老婆是個不良之婦心裡疑忌揭起千秋旛看見武大面皮紫黑七竅出血定是中毒待要糊塗提了棺殮了贊念武大有個兄弟便是景陽岡打虎的武都頭第一利害倘或早晚回來必然行兇我故將石頭咬破噴出血來詐作中惡抬回今叫火家自去殮了他若是停喪在家其中无事若是他要燒屍必有緣故到殯時只道去送喪拿了兩塊骨頭併十兩銀子便是証見他若回不問便罷倘有官司只得証明却說火家自武大家入殮了回報曰只三日便出殯去城外燒了火家各自分錢散去第三日衆火家自來扛擡棺材也有幾個鄰舍相送婦人一路假哭到化人場上便叫衆火家燒化只見何九叔提陌紙錢來到王婆和那婦人迎見曰九

叔且喜貴体无恙九叔曰小人前日賒了大郎燒餅不曾还錢把這陌紙錢燒與大郎王婆曰九叔如此志誠九叔將紙錢燒了曰娘子和乾娘自宜稅便小人自替你照顧婦人和婆子稱謝回去何九叔揀兩塊傷損骨頭去池內洗看那骨頭酥黑九叔藏歸把紙寫了年月日時送喪的人

武松設酒禮祭大武

各字他這做了一処包了且說那婦人每日和西門慶在楼上取樂却不須外人知道這街上无有一人不知此事當至樂極生悲光陰迅速又四十餘日武松自從監送車仗到東京交割討了回書轉到陽谷縣交完往哥〻家來見了灵席心中驚駭叫声嫂〻那西門慶正和這婆子在楼上取樂听得武松叫声奔後門走了婦人慌忙洗落脂粉穿上孝衣假哭起來武松曰嫂〻休哭且我哥〻幾時死了得甚麼症候婦人曰你哥〻患急心疼病了幾日医治不得身死撇我好苦武松曰我哥〻從來无此症如何心疼便死王婆曰天有不測風雲人有旦夕禍福誰保得長沒事婦人曰不是這乾娘看顧誰肯來幫我武松曰如今埋在那里婦人曰那里尋坟地沒奈何把出燒化了武松曰哥〻死得幾日了婦人曰再兩日便是斷七武松沉吟半晌便出門去換了素衣身藏了一把尖刀取些銀子叫土兵買祭物香燭到家安排酒食武松就灵前点起灯燭鋪設酒餚高声痛哭拜曰哥〻陰魂不遠今日死後不見分明你若生前被人害死來托夢與我替你報仇把酒奠了燒化紙錢武松就灵前睡至三更時候武松番來覆去睡不着看那灵前灯半明半滅自嘆氣曰我哥〻生時懦弱死亦无灵只見灵桌上捲起一陣怨氣來冲得武松毛

武松逼問嫂嫂言語

髮皆竪定睛看時只見武大從灵牀下鑽將出來叫声兄弟我死得寃枉好苦武松却待向前問持怨氣散了不見武松尋思似夢非夢我想哥〻一定死得不明恰纔正要報我被我神冲散了天色已明武松起來梳洗了婦人下楼來問叔〻夜來悲傷感了武松曰哥〻死誰買棺材誰來收歛婦人曰買棺材是央及王乾娘買收歛是團頭何九叔抬出燒化武松听得帶士兵逕到何九叔家裡來呼喚九叔听得手忙脚乱急取銀子骨頭藏在身边便出迎曰都頭幾時回來武松曰昨日方回有句閑話請尋叔同往一敍兩人到酒店坐下叫酒保排酒餚來二人吃了数口武松掣出一把尖刀來对九叔曰小弟是個粗鹵人你曉得寃有对頭債有主你实說我哥〻死的緣故便不干涉寺叔只問收殮一事你怎的燒化我哥〻若有半句差錯我定不容何九叔便取出一個袋放在桌上曰都頭息怒這袋兒便是一個大証見武松打開看時却是兩塊酥黑骨頭一定銀子便問曰這個怎的是証見何九叔曰正月二十二日王婆來喚小人去殮令兄屍首行到巷口迎見西門慶邀我去店中吃酒送我這十兩銀子分付若去殮屍諸事遮盖小人看大郎屍有七竅内淤血口唇上有歯痕係是毒死不敢言詐作中毒扶我归家只教火家殮了第二日听得扛出去燒化小人拿一陌紙錢去燒使轉王婆與令嫂暗拾了兩塊骨頭回來寫着年月日期并扛喪人姓名這便是小人的口詞武松曰姦夫是誰何九叔曰這事可問鄆哥曾和令兄去捉姦來武松曰既有這個人時一同去尋來到鄆哥家裡相見了便問鄆哥情由鄆哥

武松同九叔上酒店

曰我因去賣雪梨尋西門慶人說他在王婆茶坊裡和令嫂做一处我去尋他那王婆不肯放我入去將我打了幾下我就去尋令兄說知備細商量次日去捉姦大西門慶閉了房門把令兄一脚踢倒過了六七日說令兄已死武松听罷曰你這話是真了便把兩個帶到縣裡知縣曰都頭告甚人武松告曰小人親兄武大被西門慶與嫂通姦下毒藥謀殺性命這兩個便是証見知縣先問了何九叔鄆哥口詞當日與縣吏商議原來官吏都與西門慶有干尾因此同計較脫此一件事难以理問知縣曰武松自古道捉奸要双捉賊要贓你哥〻屍首又沒有不捉得他姦如今只憑這兩人言語就告他謀殺人命公事你不可造次武松取出兩塊酥黑骨頭一張口詞告曰衆相公這個不是小人捏出的知縣看了曰你且收去待我與你究問九叔鄆哥彼武松留住在房裡西門慶却使人來縣裡送官吏銀兩次日武松又逼知縣拿問知縣得了賄賂便曰武松你休听外人挑撥這事不明白难以对理不可造次押司亦曰凡人命事須要屍傷病物踪五件事全方可推問武松曰不准便罷却有理会教士兵安排飯食與何九叔鄆哥吃留在房裡自带四個士兵買了猪首雞鴨酒菓來到家中武松叫嫂〻出來有句話說那婦人慢〻下楼來武松曰明日是亡兄断七前日有劳衆鄰舍我今特來把盃酒相謝遂叫士兵先在靈前点起灯燭焚香列紙錢鋪下酒食菓品教兩個士兵一前後把門武松叫嫂〻來陪客我去請隔壁王婆又請鄰姚二郎姚文卿对門胡正卿隔壁張公等人依次坐了武松下陪便叫士兵把前後門閉了武松

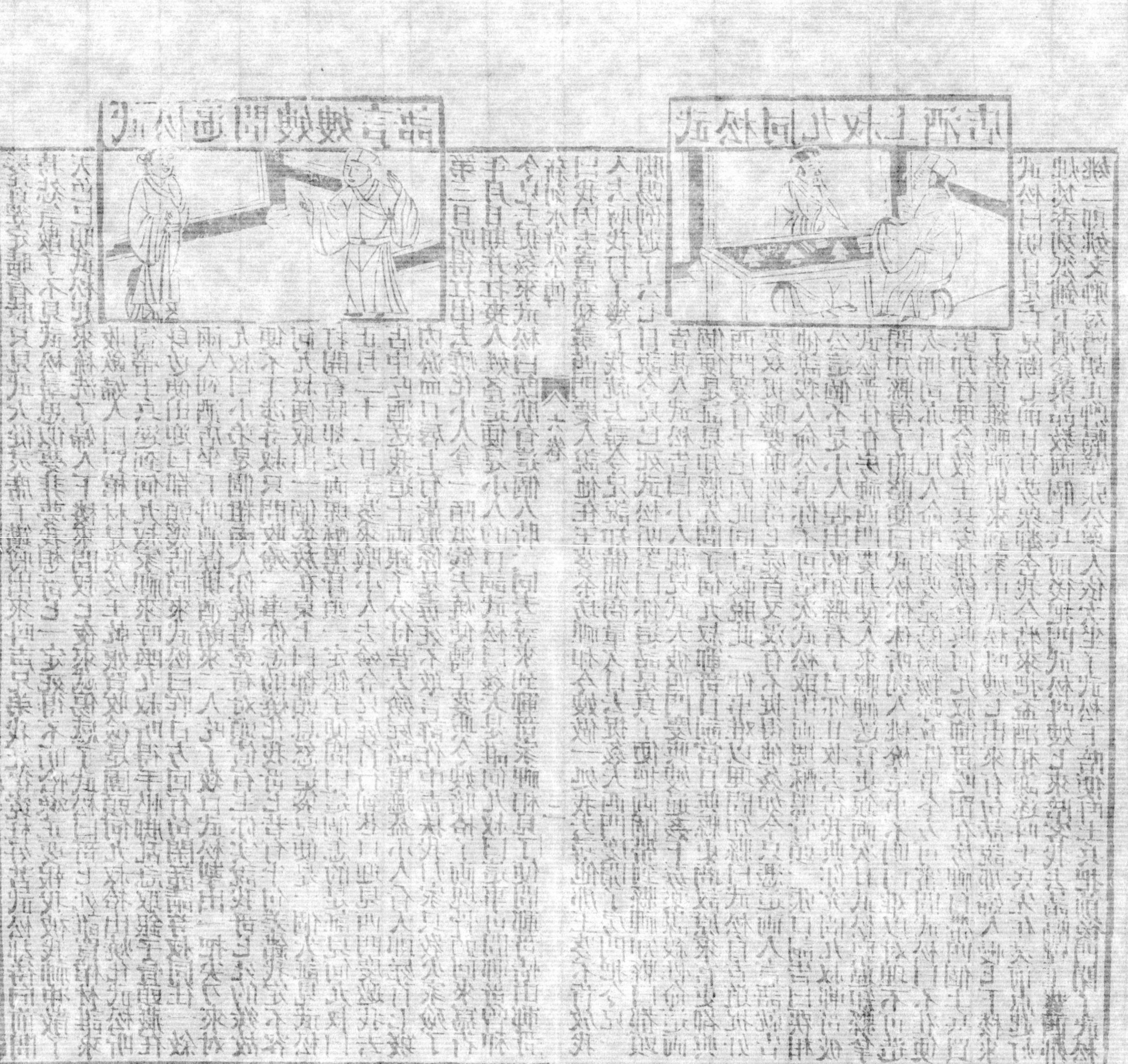

武松殺婦人取心肝

曰衆高鄰付恠胡乱相請鄰舍曰小人們都不曾典都頭們洗泥接鋒到來反擾武松笑曰只我謹恐酒至數巡武松掣出尖刀在手拿住嫂ヒ右手指定王婆便曰小人宛各有頭債各有主並不傷犯衆位若有一位先走教他吃我一刀宗鄰舍曰我們不去武松揪住婦人罵曰你這淫婦怎的將我哥ヒ性命謀死婦人曰叔ヒ好沒道理你哥ヒ自害心疼病死干我甚事武松怒把婦人按倒右脚踏住左手揪下王婆罵曰老猪狗從実說來我便饒你王婆曰不消都頭発怒老身自說便了武松教士兵取紙筆把刀指着胡正卿曰相煩你典我听寫正卿曰小人便寫武松提起刀來望那婦人臉上撇了兩撇那婦人忙叫叔ヒ且饒我起來說武松提那婦人跪在灵前婦人驚得從頭招說了一遍王婆曰你先招了我如何賴得過也只得招認了武松教正卿把這婦人王婆口詞都寫了綁了王婆將口詞藏在怀裡掩過王婆也跪在灵前武松曰哥ヒ魂灵不遠兄弟今日典你報仇叫把紙錢燒化武松把那婦人揪倒扯開衣裳將尖刀剜開胸脯取出心肝斫頭供養了便叫士兵取出被來把婦人頭包了曰有勞衆位樓上少坐待武二便來鄰舍都ヒ樓坐下把婆子也押上樓去叫兩個士兵在樓上看守武松將婦人頭到西門慶藥舖前問人官人在家么主管曰纔去獅子橋下酒楼上吃酒武松奔到酒楼上窓眼見西門慶典個財主对兩粉頭唱的坐在両边武松走入打開那顆人頭西門慶認得是武松便跳上窓檻見下面是街跳不下去心裡正慌武松跳在桌上把盞碟都踢倒了雜人各散西門慶見來得兇飛起脚

踢中武松右手被武松從脇下鑽入扯住西門慶左脚倒撞丟落街上両边人大驚武松提了淫婦的頭將身望下跳在街上拔出刀看西門慶跌得半死只一刀砍下頭來把兩顆頭提回供养在灵前請衆人下楼來把婆子押在面前武松对衆鄰曰我有句話对你四位說畢竟武松說出甚話來直教英雄相聚滿山寨好漢同心赴水涯正是古今壯士談英勇猛烈強人仗義忠且听下回分解

〇第二十六回　母夜叉坡前賣淋酒　武松遇救得張青

武松帶衆到官廳審

武松对四家鄰舍曰小人為哥ヒ報了冤仇雖死不怨小人此去存亾未保我哥ヒ灵牀就今日燒化今去縣裡首告休管小人罪犯輕重只替小人從実証明即帶王婆并兩顆頭引衆人到縣裡來此時陽谷縣裡看的不計其数知縣听得先自駭然随即陞廳武松押那王婆一干人在廳前跪下行兇尖刀子和兩顆人頭放在階下武松厭出寫的口詞告說一遍知縣先問了王婆口詞一般供說四家隣舍指証明白縣官念武松是個義勇烈漢又想他上京去一遭便喚該吏商議把這招状改作武松因祭亾兄武人有嫂不容祭祀將灵牀推倒一時鬬殺死姦夫西門慶因此本婦通姦前來强護因而殺死寫了招又將這干人犯解送東平府來府尹陳文招押申文及各人招擬看過將武松換了輕枷把婆子換一面重枷禁在牢裡陳府尹哀怜武松有義氣烈漢將招稿改輕寫了公文東京投下刑部官看了公文府招詞合通省院官議下罪名擬王婆牛情造意唆誘通姦牛謀武大料命唆便本

武松同公人入酒店

婦下藥毒死親夫又令本婦趕逐武松不容祭祀其夫以致殺傷人命唆令男女故失人倫擬合凌剮処死武松係報兄仇鬪殺姦夫西門慶人命只脊杖四十刺配二千里外其餘干証釋放寧家陳府君看了回文隨即取出武松開了長枷脊杖四十釘枷臉上刺兩行金印送配孟州牢城其餘人犯各放回家取出王婆推上木驢摭出長街剮死示衆武松上了行枷有甲御姚二郎將銀兩送與武松作盤纏各自別去兩個公人知武松是個好漢一路小心伏侍武松見兩個小心但遇酒店便買酒肉相請行了二十餘日來到十字坡前見個酒店牕檻边坐看一個婦人露出綠紗衫兒頭插釵環鬓插野花那婦人便起身迎接武松看那婦人但見

眉横殺気　眼露兇光　轆軸般蠢坌腰肢　棒槌似桑皮手脚　厚塗着一層臙粉遮掩頑皮　濃搽兩頰胭脂直侵乱髪　紅裙上斑斕裹肚　黄髮边皎潔金釵　鈿鐲牢籠魔女臂　紅紗衫映夜叉精

那婦人迎曰客官歇脚去公人和武松入到店裡坐下公人曰且與都頭覓枷好吃酒那婦人曰客官打多少酒武松曰酒打一桶肉切五斤婦人曰有好肉包饅頭武松曰也把二三十個來做点心那婦人托出一桶酒兩盤肉一籠饅頭放在桌上公人拿起饅頭餡便吃武松取個剩開看曰酒家這饅頭餡是人肉的是牛肉的那婦人笑曰清平世界那有人肉饅頭我家饅頭是牛肉的武松曰我听得江湖人說大樹十字坡客人誰敢過肥的切饅頭瘦的去塡河婦人曰休要取笑並无此話武松曰我見這饅頭餡内有

武松公差坐店飲酒

幾根毛似人下処的毛一般以此疑忌便問曰娘子你丈夫怎的不見婦人曰我丈夫做客未回武松曰你独自一便須冷落婦人答曰客官要歇就在我家不妨武松听了尋思這婦人不懷好意便曰娘子你這淡酒还有好的盪幾瓶來婦人曰有上等好酒便奉來武松曰那好只宜熱盪婦人自忖這個賊配軍正是該死倒要熱吃這藥那是発作得快把來篩做三碗便曰客官試嘗此酒兩個公人只顧拿起來吃武松便曰娘子你去拿些肉來過口哄那婦人入去却把這酒潑在僻暗処口中虛把舌頭來咂曰好酒停了一会婦人拍手叫曰醉倒醉倒那兩個公人望後便倒武松也詐倒在櫈边那婦人笑曰着手便叫火家快出來裡面走出兩使火家來先把兩個公人扛進去又來扛武松却搬不動婦人喝曰你這兩個只会吃飯全沒些用親自動手脫了綠紗衫兒便把武松提將起來武松就勢將手抱住胸前却把兩隻脚挾住婦人下半截只一挾壓在婦人身上那婦人叫起來那兩個火家欲待向前武松大喝一声都驚呆了婦人叫曰好漢饒我那里敢挣挫只見門前一人跑進將來劝曰好漢息怒且饒恕小人有句話說武松把那婦人脚踏在地提着双拳看那人將頭帶青紗巾身穿白布衫生得三顴骨格臉兒微有幾根髭鬚年近三十五六看着武松問曰願求好漢大名武松曰都頭武松便是那人曰莫非景陽岡打虎的武都頭武松曰是了那人納頭便拜曰聞名久矣今幸拜識武松曰你是這婦人丈夫庅那人曰是小人的渾家有眼不識泰山冒犯尊顏望乞恕罪正是

武松公人辭別張青

自古拳頭輸笑臉　從來礼数服諸邪　只因義勇真男子　降服兇頑母夜叉

武松听說放了婦人那人便教婦人穿了衣服快來拜都頭武松曰適間衝撞阿嫂休怪敢問高姓大名那人曰小人姓張名青原是光明寺種菜園子為因事故一時性起把僧殺了放火燒寺燒做白地後來小人逃出無處却在這大樹坡下剪徑一日有個老兒挑担子過來小人搶出和他鬥二十餘合那老兒見小人手脚活便却帶小人回家把這個女兒招贅在此實是鬭些客商過往做些勾當小人好交結江湖好漢人都叫小人做菜園子張青俺這渾家姓孫全學得他父親的武藝都唤他做母夜叉孫二娘小人曾分付渾家三等人不可坏他第一雲遊僧道他是出家的人日前爭些坏了一個原是延安府提轄姓魯名智深為因打死人走上五臺山落髮為僧喚做花和尚魯智深也在這里吃酒中了汗藥小人歸來見他一身花綉把解藥救醒拜約為兄弟近日和青面獸楊志占了二龍山宝珠寺二人在那里落草武松曰我也聞名字張青曰請問都頭今得何罪配往何処武松把殺人缘由說了一遍張青夫婦称賛不已且听下回如何分解

〇第二十七回　武松威鎮安平寨　施恩義奪快活林

功業如將智力求　當年盜跡合封侯　行藏有義真堪羨　富貴非常只自由

鄉黨剛強施小虎　江湖英勇武都頭　巨林雄寨俱侵奪　方把平生志願酬

武松曰兄長代小弟救醒這兩個公人他一路小心伏侍我來張青曰小人便救醒他遂調碗解

藥灌下去頃刻兩個公人如夢中睡覺扒起來見了武松曰我們却如何醉在這里這家酒好記着回來再和他買武松張青都笑將起來公人不知怎的張青邀武松同公人到後園內依次坐了飲酒至晚安歇了次日武松要行張青留待三日結拜張青為兄弟武松拜辭要行張青交还

施恩使公人送酒食

包裹又送銀十兩與武松武松別了張青同公人來到孟州衙裡投下文牒州尹看了此廻文典公人回去郎使人押武松到牢城營裡來數个囚徒來看武松曰好漢新到要人情書信并使用銀兩少刻差撥來便送你去管營那里打殺威棒便輕若沒銀兩與他時端的狼狽我們特報知好漢武松曰感謝指教略白東西他好和我討時便送與他若是硬討一文也无只見差撥作威人來問曰那个是新到的囚徒武松曰我便是差撥曰你是景陽岡打虎好漢敢來這里打猫兒武松曰你來指望我送人情與你半文也无我拳頭有一双相送金銀留買酒肉吃把我發回陽谷縣不成那差撥大怒去了只見公人來叫新到囚徒武松武松应曰老爹不走大呵小喝做甚麼那公人帶武松到点視所前管营曰太祖旧制但到配軍打一百殺威棒武松曰我若躲一下不是好漢那軍漢拿起棍棒要打只見管营身边立着一人額上縛着个羅帕身穿件白紗衫在管营耳邊略說幾句話管营曰新到囚徒路上曾害甚病來武松曰我不曾害病管营曰這厮途中風且寄下殺威棒武松曰不曾中風打了乾淨管营曰想這厮害熱病了不要听他且把他在單身房裡去武松來到單身房內眾囚又來問曰你莫不有好書信與管营麼武松曰沒

武松細問來人情由

有何傷害様不是好意晚間必然來結果你武松曰他怎麼樣來結果我囚徒曰他到晚間把两碗乾黄倉米飯和些臭鯗魚與你吃了帶入土牢裡去把索子細倒一條艸薦將你捲了塞住你七孔倒豎你在壁边不消半個時辰便了性命這個喚做弔盆殺再有一樣却盛一袋黄沙壓在後亭上也是死的這個喚做砂壓殺武松曰他鋪排少頃只見一個軍人托着一個盒子進來問曰那個是新配武都頭武松应曰我便是軍人曰管營教送点心在這里武松看時一鏇酒一盤肉一盆麪尋思推命牌到了且落得吃武松把酒肉麪都吃了那人收拾回去至天晚又見那人捧個盒子來同前送飯擺下武松自忖吃了這頓飯必然來結果我且落得飽吃了死作個飽鬼那人等武松吃了收拾回去不多時那人提個浴盆一桶浴湯請都頭洗浴武松自思只管洗一洗便洗了浴穿了衣裳那人曰請都頭那房去安歇武松曰這番來了我且跟他去看他何如武松來到裡面乾乾净净的床帳面前排有桌椅武松想曰我只說引我入土牢如何却到這里這單身房好生整齊武松睡到天明那人又將大盒子來一壺酒排下燒鷄蒸餅曰請都頭吃武松思曰這是何意且只管吃了至第三日又是如此供送酒飯武松那日出營閑行只見一般囚徒在那里做雜工六月炎天那里躲得這熱武松問曰你等如何在此做工衆囚徒都笑曰我們撥在這里还好有那沒人情的將去鎖在土牢裡受苦难当武松听回房裡坐下只見那人每日送好酒食相待並不見害他意思心中正决不下当午那人又送酒食來武松忍耐不住

施恩武松相見叙話

問那人曰你是誰人伴当麼將酒食請我那人曰小人是管营相公家裡人小管营令我送與都頭吃武松曰我是囚徒因甚送與我吃那人曰小管营分付教我送來武松曰這酒食不明如何吃得安穩且問小管营是何等人那人曰便是前日都頭初來厛上立着要帕包頭的便是武松曰莫不是說免打我殺威棒的麼那人曰正是武松曰小管营姓甚名誰那人曰姓施名恩使得好拳棒人都叫做金眼彪武松听了曰想他必是個好漢你去請他出來和我相見那人曰小人便去只見施恩出來見武松便拜武松連忙答禮曰小人是個治下囚徒前日蒙恩赦復蒙酒食相待何敢受拜施恩曰久聞兄長大名今日幸得相見武松問曰聞小管营都有話說未知有何教施恩曰既是小漢說了小弟只得告訴今見兄長是个大丈夫有件事相托只怕兄長遠降恐判氣力有虧未敢告訴武松曰我去年害三个月瘧疾景陽岡上酒醉打死大虫况今日乎施恩曰待家尊相見却言未進武松曰你要令我幹事什麼這等半吞半吐施恩說出這件事來教武松出殺入千段重施打虎威風正是双拳起処如雷吼飛脚騰時風雨驚畢竟施恩說出甚事來且听下回分解

○第二十八回　施恩灵霸孟州道　武松醉打蔣門神

堪嘆英雄大丈夫　飄蓬四海謾嗟吁　武松不展恢弘略　施子难為遂大圖
頃刻連城來返璧　逡巡合浦便还珠　他時水滸馳名譽　古是男兒蓋世无

施恩父子央松報仇

却說施恩曰兄長請坐待小弟告訴其自幼學得鎗棒孟州東門外有個古井地名快活林但是客商來做買賣有百十処大客店二三十処賭場往常小弟一者倚杖隨身本事二者營裡有上百囚徒在那里開個酒肉店分付但有妓女或唱的來時先要叅見小弟肰後許他趁食每日都有閑錢月終也有三四百兩銀子近來被本營內張團練帶一人姓蔣名忠有九尺身材江湖上喚做蔣門神使得好鎗棒拽拳飛脚為首自誇因此來奪小弟道路小弟不肯讓他吃一頓拳脚打倒到今傷痕未好兄長君替我出得這口怨氣死亦瞑目武松笑曰小人平生只打天下硬漢既見如此我你云君拳頭重時打死了我自償命施恩曰待明日先使人去打听在家便去武松焦燥曰小曹你被他打也不是好漢只見屏風背後轉出老管營來叫曰請義士後堂叙話武松到裡面老管營曰義士請坐武松曰小人是個囚徒如何教坐老管營曰小兒萬幸得遇足下休要謙遜武松一傍坐下裡面搬出酒來老管營親與武松把盞曰愚男原有快活林做些買賣非為貪利好財実是壯觀孟州不期蔣門神恃強公肰奪了去処不能报仇義士不棄愚男滿飲此盃受拜為兄以表誠心武松曰小人怎敢受拜施恩納頭便拜武松連忙答禮二人結為兄弟当日武松吃得大醉扶去房中安歇武松等不得天明起來洗嗽罷施恩自來請去吃早飯訖施恩曰我們騎馬去武松曰不消馬去只要依我一件事施恩曰哥〻但說不妨武松曰我和你出去无三不過望施恩曰如何是无三不過望武松笑曰但

武松打蔣門神妻子

遇酒店便請我吃三碗酒時便不過望此是无三不過望施恩曰此去快活林賣酒的有十二三家若要每店吃三碗時共有三十五六碗恐哥〻醉了如何有力武松笑曰我若不是酒醉胆大景陽岡上如何打得大虫施恩曰既肰哥〻酒後越有本事先教小价将家中好酒餚饌担去前路等候却與哥〻一路慢〻飲去武松大喜施恩揀了二十個壯健軍漢隨後來接應且說施恩和武松離了安平寨逕奔孟州東門外來行了三五百步早望見一座酒肆那兩個僕人已先鋪下餚饌等候施恩和武松裡面坐下僕人連篩三碗與武松吃了便行一人酉了酒店未行一里又見酒店施恩武松入店坐下僕人安排武松又吃三碗便行武松但見酒店便入去吃三碗武松問施恩此去快活林還有多少路施恩曰前面林子裡便是武松曰既是到了你在此処等我施恩曰哥〻自去武松又行數里此時午牌天氣正热武松酒却湧上來雖肰帶七分酒卻粧做十分醉來到林子前見一個金剛大漢披着一件白布衫撒開一把校椅坐在綠槐樹下乘凉武松假醉斜眼看他心中想是蔣門神直搶過去見個大酒店丘着望竿上寫着河陽風月門前插兩把銷金旗寫道醉裡乾坤大壺中日月長一边稍肉案一边蒸饅頭裡面三隻大缸櫃裡面坐着個年少婦人正是蔣門神新娶的妾武松見了揖入酒店來坐下只看婦人那婦人看見武松醉了便看別処武松敲桌大叫曰賣酒主人家在那里酒保曰客官打多少酒武松曰先把些來嘗那酒保就盪一碗酒過來武松呷了一口搖頭曰不好換過來那婦人又換上等酒來

武松怒打倒蔣門神

武松吃了一口叫曰這酒略好吃問曰主人家姓甚麼酒保曰姓蔣武松曰叫那婦人下來陪我吃酒酒保喝曰休胡說這是主人娘子武松曰便是主人娘子相陪吃酒也不打緊我終不是强姦他那婦人大怒便罵該死狗奴才却要推開櫃身出來武松搶入櫃裡往腰胯一手揪住頭髻隔櫃提出來望酒缸只一丟止丟在酒缸裡武松踏出街上有幾個酒保趕來武松一手一脚掠兩個入酒缸裡去兩個走入武松赶得來那兩個去報蔣門神道蔣忠雖然長大近因酒色所迷淘虛身子見了武松却欺他碲赶將入來武松先把兩個拳頭去那蔣門神門上虛影一影轉身便走蔣門神大怒搶將來彼武松一飛脚踢中蔣門神小腹上蔣門神双手打下來武松飛起左脚踢着蔣門神額角望後便倒武松踏住胸脯將拳乱打蔣忠在地下大叫好漢饒命武松喝曰若要饒你性命要依我三件事蔣門神叫曰三百件也依得且听下回分解

○第二十九回　施恩三進死囚牢　武松大鬧飛雲浦

武松踏住蔣門神在地下曰第一件要你离了快活林將家伙什件交还原主施恩第二件要你央請英雄都來與施恩陪話第三件你要速回鄉去不許你在孟州住若不回去時再見就打死你蔣門神連声应曰蔣忠都依得武松就地下提起蔣門神時打得面青嘴腫額角血流武松指蔣門神曰景陽岡上大虫被我三拳両脚打死了量你這個値得甚么蔣門神听知是武松只見施恩引着二十個軍漢來見武松不勝之喜武松曰本主在

門神請衆勸武松酒

這里了你一面搬去一面快去請人來陪話蔣門神曰好漢自去店裡坐定武松與施恩帶一行人都到店中坐下見兩個酒保正在街上扶起那婦人來頭面都磕破了那幾個火家酒保都走了武松喝曰快收拾起身蔣門神曰一一遵命便請豪杰來回話武松教施恩上坐武松次位衆人依序坐了酒至数巡武松曰衆位高隣听禀小人武松自從陽谷縣殺了人迯到這里這酒店是施小管營造的被蔣門神占去小管營是我主人今日蔣門神我要一頓打死他且看衆位面上今晚便要他投别府去若不离了此处景陽岡上大虫可是樣子衆人纔知道他是武松都起身替蔣忠陪話曰好漢息怒教他搬去便了店还本主那蔣門神那里敢做声施恩便点家伙什物交還了店蔣門神羞慚滿面謝了衆人即便收拾去了武松邀衆人直吃到晚方散次日施老管營所得壹覇了快活林酒店自騎馬直來店裡相與武松連日在店内飲酒作賀自此重整店面開張酒肆老管營自回去了施恩使人打听蔣門神不知去向就留武松在店中居住自此施恩的買賣比往常加增三五分利息忽一日施恩正與武松在店裡閑坐只見三個軍漢牵一疋馬來入店尋問那個是打虎武都頭施恩問曰你們尋武都頭怎的軍漢曰奉都監相公鈞旨聞知武都頭是個好漢相公差我將馬來接他有鈞帖在此施恩看了便對武松曰這幾位是張都監相公差來接你哥哥心下如何武松是個一勇之夫終无計較便曰既是如此便去走一遭别了施恩即上馬同衆人投孟州城來參見張都監曰我聞知你是個英雄我帳前缺這樣

都監使玉蘭勸松酒

人不知你肯與我做隨人否武松曰小人是牢城營內囚徒若蒙恩相抬舉当為執鞭隨鐙張都監衙裡但人有公事來大者武松即对都监說无有不依外人俱送金銀緞疋武松買個栁藤箱收貯一日張都監喚武松進後堂深処飲酒夫人宅眷都在席上武松卻欲廻避都监笑曰我敬你是個義士特請你來一処飲酒何故廻避便一処坐不妨武松請罪一傍坐了都監教养娘斟酒又喚個心愛的歌女叫做玉蘭出來唱曲都監对玉蘭曰這里又有心腹武都頭在此你可唱個中秋時景的曲兒那玉蘭手執象板便唱一套蘇東坡水調歌唱罷放下象板立在側边斟酒遍與相公次劝夫人第三便劝武松張都監取令奉劝都頭武松不敢抬頭起身接過飲而尽張都监对武松曰此女名喚玉蘭頗聰明伶俐善知音律你若不弃嫌擇個良辰與你為妻室武松起身再拜曰小人怎敢望恩相宅眷為妻都监笑曰我言已出必要你武松起身拜謝相公夫人辞出回到自巳房中覺得酒食未消脫下衣裳拿條梢棒在月明下使了幾回約有三更時分武松去睡只听後堂叫道有賊武松听見尋思都監如此愛我他後堂有賊我如何不去捉獲提了梢棒搶入後堂來只見玉蘭慌忙走出來指曰一個賊奔入後花園去了武松提棒赶入花園尋時不見回身出來不隄防黑影裡橫放一條板凳把武松絆倒卻走七八個軍漢叫声捉賊將索把武松綁了張都監喝曰拿賊出來眾軍漢把武松一步一棍打到堂前武松叫曰是武松不是賊張都监罵曰你這賊配軍恰緣教你一処吃酒我正要抬舉你如何做這等勾当武松叫曰

武松招認枷八重監

武松來替相公捉賊小人是個頂天立地好漢不是做這般的事張都监喝曰且押去房裡取贓物眾軍漢把武松押到房裡打開滕箱都是銀酒器皿約有一二百兩贓物抬到堂前都监看了大罵曰賊配軍今番搜出你賊証如何抵得將過夜把贓物封了喝教軍漢將武松押到机密房裡监收了都监随即使人対知府説了次日知府坐廳左右把武松并贓物押至知府喝曰這廝原是遠配流軍如何又做賊既有贓証明白揪下加力拷打獄卒拏起竹片雨点似打將下來武松只得屈招于本月十五日見本官衙內許多銀酒器皿因而起意至夜乘勢窃盗今寫承認的状知府曰且取枷來枷了押下死囚牢裡监禁有詩為証

都監貪贓实自嗟　得人金帛當奸邪
假將歌女為婚配　卻把忠良做賊拿

那武松在牢裡尋思張都监安排圈套陥害我若能勾掙得性命出去卻和理会牢子獄卒把武松大鉄練鎖住又將木鈕釘住双手那里容他鬆寬且說施恩听知此事慌忙入城和父親商議老管營曰這是張團練買嘱張都监卻設計陥害武松替蔣門神報仇想不該死罪只是買求兩院節級存他性命又作理会施恩曰見今當牢節級姓康與孩兒最好只得求他便取二百兩銀子逕投康節級家裡來相見了施恩把武松事情說了一遍康節級曰這件事是蔣門神躲在張團練家裡買嘱張都监設計害他蔣門神都用賄賂了府尹與他作主要結果武松性命只有當案葉孔目仗義不肯害

官他武松還不吃虧今既兄長來說了牢之事我自送飯支持你快去見葉孔目求他早斷出去救他性命施恩取一百兩銀子與康節級收了相別出門施恩逕來尋葉孔目孔目曰我已知武松是個好漢把那文案都做活了只是知府受了張都監賄賂不肯輕放只要謀害他性命施恩

施恩入牢見武都頭

取出一百兩銀子逕與葉孔目曰這些銀子煩兄長進與知府遮蓋武松葉孔目曰兄長放心小弟一任支持却說知府得施恩一百兩銀子亦知屈陷武松却把這文案都改輕了只待限滿決斷次日施恩安排酒餚來央康節級引進大牢看視武松此時武松已得康節級照顧方便將這刑禁都寬了施恩又將三百兩銀子俵與衆牢子却將酒食與武松吃了施恩附耳與武松曰這場官司却是張都監替蔣門神報仇陷害哥哥你且寬心我已和葉孔目說通了只待限滿斷決哥哥出去武松聽罷方纔放心過了數日施恩又備酒肉并衣裳送來牢裡與武松吃換出入情熟數日施恩來牢裡三次却不隄防張團練心腹人見了回去報知張團練便去對都監說知張都監兩使人送金帛來與知府說知此事那知府多受賄賂差人下牢來看但有閑人便要拿問施恩得知再不敢去牢裡只去康節級家裡討信將及兩月葉孔目在知府處說知因此知府總知張都監接受了蔣門神若干銀子通同張團練設計排陷武松心裡想曰你受銀兩教我害人即叫牢中取出武松斷了百脊杖刺配恩州牢城將原贓給还本主取一面行枷釘了差兩個壯健公人防送武公人領文押解武松出孟州城有詩為證

孔目推詳秉至公　武松遭陷又疏通　行枷淡配恩州去　病草凄凄遇晚風

施恩辭別武松而去

却說武松吃斷杖之時施恩使錢却打得輕武松忍氣帶上行枷出城約行一里路只見官道傍边酒店裡出來迎曰小弟在此專等兄長來武松看施恩又包了頭絡着手臂問曰你怎的又做這般模樣施恩曰小弟自從三次進牢裡見兄長之後知府差人下牢提拿閑人因此小弟再不敢進來前日我正在快活林店裡那蔣門神又領一夥軍漢來與我厮殺小弟被蔣忠痛打一頓也要我央浼人陪話却被他復奪了店面小弟聽得哥哥斷配恩州聊備綿衣盤纏與哥哥穿用煮得兩隻熟鵝在此請哥哥吃酒施恩便邀兩個公人曰武松是賊漢明日官府上須惹口舌施恩便取十兩銀子送與公人那公人不肯接去只要催促武松上路施恩將酒與武松吃了檢拾包裹把兩隻熟鵝放在武松行枷上附耳囑付武松曰包裹裡有銀子路上仔細隄防這兩個賊不怀好意武松点頭曰不須分付再着兩個來也不怕他你自回去施恩與武松灑淚分別有詩為証

朝磨暮折走天涯　坐遣行催実可嗟　關上大虫憑勇殺　縣中奸佞逞拳槌　快活林中生殺氣　恩州牢內受波渣　謾謾施恩親饋送　稜稜義氣敢堪誇

武松和二公人上路不上枚十里之地又見兩個公人悄悄商議云不知那兩個在那里去全然不見動靜武松聽得二人自言自語暗冷笑曰奈得我何將那熟鵝只顧自吃不理公人又行二里把這兩隻熟鵝都吃尽只見前面路边行兩個人提着朴刀在那里等候見了武松到來便幫

武松和兩公人上路

看一路走武松見公人和兩個提朴刀的打梢號武松听了又走了兩里來到一処四面都是大洞浦上一條濶版橋ヒ上一座牌楼牌上寫飛雲浦三字武松見了假意問曰這地名喚做甚麽兩個公人曰你不看牌額上寫飛雲浦三字武松詐曰我要在這橋上淨手那一個公人走近前要推武松下橋去被武松一拳打落下水裡去這一個急待要走又被武松一脚踢下水去那兩個提朴刀的漢子望橋下一走武松一声走那里去把行枷只一扭扭做兩半赶下橋去那兩個先自一倒了一個武松學那一個走的後心只一拳打翻便奪朴刀來搠死在地這個掙起要走武松揪住喝道你实說我便饒你那人曰小人是蔣門神徒弟今被師父和張團練計使小人兩個來相幫要殺好漢武松道蔣門神今在何処那個人曰小人來時和那張團練在張都監衙裡鴛鴦樓上吃酒專等小人們回報望好漢饒恕我武松曰饒你不得把這人也殺了將兩個一齊都撇在浦裡又怕那兩個公人不死每人搠了幾朴刀思量曰雖然殺了這四個賊不殺張都監張團練蔣門神如何出得這口寃氣躊躇半响起一個念頭逕奔到孟州城裡來直到彩楼閣內兩隻大虫分勝敗一双惡獸定輸贏且听下回分解

新刻全像水滸傳廿六卷終

新刻全像忠義水滸傳十卷

○第三十回　張都監血濺鴛鴦樓　武行者夜走蜈蚣嶺

暗室從來不可欺　從今奸惡盡誅夷
金風未動蟬先覺　暗送無常死不知

當日武松尋思半晌怨恨冲天曰若不殺張都監如何出得這口氣便去屍身上解下一把尖刀再回孟州城來黄昏時候轉到張都監後花園墙外却是一個馬院只見後槽提個燈籠出來上草料被武松黑影裡揪住問曰你認得我麼後槽听得是武松声音便叫曰哥哥不干我事饒我罷武松曰你只說張都監在那里後槽曰如今正與張團練蔣門神在鴛鴦樓上飲酒才散武松曰却饒你不得一刀殺了此明月正亮武松扒牆跳將入來開了角門都望灯明处來正是廚房只見那兩個了環在那里埋冤說道了伏侍一夜还不去睡武松把門推開先把兩個了環殺了武松原在衙裡已自走得慣熟逕到鴛鴦後來所得將門神曰廝了相公與小人報仇再容報答張都監曰不是看張團練面

武松拿住後槽問由

上誰肯輊這廝心事是時想在飛雲浦結果了他時門神曰小人也分付徒弟在那里下手武松所了搶入樓來將門神見了武松急待挣扎時被武松一刀和校椅都砍番了張都監方總欲走被武松一刀砍死張團練見砍番了兩個便提起一把交椅打來武松接住就勢只一把砍作兩

截武松轉身把張都監將門神細認欲將下來把桌上酒肉吃了一淪去那死屍上割了一片衣襟來蘸血在白粉壁上寫道殺人者打虎武松也將那銀酒器皿揣幾件在怀裡听得夫人在樓下叫曰官人醉了去扶下來只見兩個伴當上樓來武松看時却是前日拿捉我的隨後把刀劉衛一個那一個慌忙跪下叫饒命武松也一刀砍了頭武松曰一不做二不休便搶入房來夫人問曰是誰武松把夫人一刀殺了割頭不入看那刀口都砍缺了武松便去拿條朴刀再入房裡只見那個唱曲的玉蘭入來時見夫人都殺死了叫声有賊武松把朴刀向玉蘭心窩裡搠死兩個小的亦欲死了武松曰我如今方總心滿意足有詩為証

都監貪財正可羞　却施奸計結深仇
豈知天道能昭鑒　漬血橫屍滿畫樓

武松睡廟被賊綁拿

武松走出角門外馬院边把怀裡銀酒器皿裝在腰間開步走到城边尋思曰若等開門遭他拿了不如越城出去走上城來望下一跳立在濠塹边此時十月天氣河水皆涸武松便扎起衣服走過河去听得城上已打四更提了朴刀投東小路便走一夜辛苦身体困倦望見樹林裡一所古廟奔入裡面將包裹做枕頭而睡只見廟外探入兩把撓鉤來把武松綁了那四個曰這漢子肥此好送與大哥去武松那里挣扎得脫被奪朴刀包裹拖着行了五里到所草屋把武松推進裡面点上一盞灯四個人把武松剝了衣裳綁在亭柱上武松看時見柱上挂着兩條人腿武松尋思早知死在村夫手

張都家人去府首告

不若去孟州府裡首告便吃一刀也得明白那四個提着包裹叫曰大哥大嫂都起來今夜我們張得一個好貨在這裏只見張青夫婦出來看時見是武松婦人便曰這是叔叔武都頭張青曰快解下來武松看時却是菜園子張青這婦人便是黑夜了孫二娘那四個大驚慌忙解了將衣服與武松穿了便教安排酒席張青問曰賢弟如何恁地模樣武松把前事說了一遍後來越城走了棒瘡又疼只得入廟裡权歇却被這四個綁來那四個便拜曰我們都是張大哥結義弟兄因今夜賭錢輸了却見哥哥在廟裡睡不知是哥哥恰纔冒犯了武松曰你們既沒錢去賭將包裹來取十兩銀子賞你們去那四個拜謝了張青曰賢弟我見你一向无音只道你在孟州无事不想如此受苦孫二娘曰聞知叔叔醉後打蔣門神一向不知信息既然叔叔困倦多吃酒肉將息張青引武松客旁睡了有詩為証

逃生私越孟州城　虎窟狼窩長夜行
珍重佳人識音語　便開綁縛敘高情

却說張都監衙內也有躲得過的家人天明了去孟州府裡首告知府所了大驚隨即差人相視回府報知先從馬院入來殺了後槽跳過墻又殺死兩個丫環上樓殺死張都監張團練蔣門神并新隨二人將衣襟蘸血在粉壁之上寫八字殺人者打虎武松也樓下搠死夫人并玉蘭妳娘兒女三口計殺死一十五人擄去金銀酒器皿六件知府所罢便差人于城中逐一排門去搜捉兇首武松次日飛雲浦地方報稱殺死四人在浦內兩個是

張青與武行者相別

本府差人兩個自有苦主各備棺收貯城裡閉門三日家家戶戶逐一挨查眼見得施管營家賠地使錢不出城外捉獲知府押下文書令圖形圖影出三千貫賞錢各鄉各保搜捉如有知得下落向官告者隨交給賞藏人者與犯人同罪遍行鄰近州府一同緝捕却說張青對武松曰如今官司挨捕至緊恐有疏失不便我却尋個安身處與你武松曰哥哥有甚處去張青曰青州管下有一座二龍山寶珠寺却是花和尚魯智深青面獸楊志在那里落草官軍捕盜不敢捉他我今寫一封書備細說賢弟本事去那里做個頭領安身避難何如武松曰你寫封書與我便行張青隨即寫書付與武松安排酒食送行孫二娘曰你如何教叔叔這等去路上倘被人捉住怎的脫身我有個道理只怕叔叔不肯依我武松曰我既逃災如何依不得孫二娘曰兩年前有個頭陀來到我店裡吃酒被我汗藥麻番把來做饅頭餡却留下一個鐵戒箍一個皂布直裰一條雜色短穗絛并些度牒一串一百單八顆人頂骨的素珠兩把鑌鐵戒刀如常半夜嘯嘯的响叔叔若要避難除非把頭剪短作個行者須遮得臉上金印又有這本度牒護身年甲相貌又與叔叔相稱叔叔便頂他的名字路上便沒人敢認你這計較好麽張青拍手大笑曰大嫂說得是我到忘了這件事正是

緝捕急如星火　顛危好似風波　若要免除災禍　且須做個頭陀

武松曰這個極好只恐我不似出家人的模樣張青曰我且與你妝扮看一看孫二娘房中取出度牒包直裰教武松穿了繫了絲絛分開頭髮搭起來將戒箍箍起武松討鏡照了大笑曰也

武松怒殺飛天蜈蚣

似行者哥〻便與我剪了頭髮張青拿起剪刀將武松前了頭髮將帳都盜銀酒器畢下換些散碎銀子做盤纏武松拜謝背上包裹臨行張青曰二弟途路小心若到二龍山便可寄封信來我夫妻在此也不是長久之計隨後也來入夥武松拜辭登程行了五十里覓一條嶺武松趁着月明走上嶺來听得林子裡有人笑声武松曰這等高嶺上有甚人笑語走去林边看見傍山一所坟菴推開兩扇小窗有一個先生摟着個婦人在牕下看月笑耍武松見了怒從心上起悪向胆边生細思出家人做這等勾當便拔出戒刀不曾開市且把那厮來試刀却去敲門那先生听得便推上牕門武行者見不來開門只一腳踢開了走出一個道童來喝曰是誰半夜敢打開門武行者大喝一声把道童殺了只見那個先生大叫曰誰敢殺我道童跳將出來輪起双劍直取武行者武行者輪起双戒刀來迎兩個月明之下鬪了良久只听得嶺上一声响喨兩個裡倒了一個不知倒的是誰且听下回分解

○第三十一回　孔家庄宋江救武松　清風山燕順釋宋江

風波世事不堪言　須把行藏信手拈
投藥救人翻成恨　當場排难勿生嫌
婣娟負德終遭辱　詭詐行兇独被殲
列宿相逢同聚会　大施恩恵及閭閻

那先生與行者鬥了三十合被武松賣個破綻只一戒刀頭滾落地武行者大叫曰婆娘快出來我不殺你那婦人出來便拜武行者曰你休拜且說這先生是誰人婦人哭曰奴是嶺下張太公

女兒這是奴家坟菴這先生不知是那里人來我家投宿云識風水我爹娘請他來菴看地理被他留住幾日那厮把爹娘哥嫂都害死把奴強占在此処這道童也是拐來的這嶺喚做蜈蚣嶺這先生便號做飛天蜈蚣王武行者曰你快收拾些物件去我要放火燒菴那婦人拜謝了自下嶺去武行者放起把火把那兩個屍首丟在菴裡燒了連夜下嶺投青州來但遇鄉村市鎮都有榜文張挂捉捕武松的武松做行者打路並无人盤詰時遇十一月天色暴寒王嶺行了三四十里望見一酒店門前一帶青溪武行者入酒店坐下便叫店主多辦酒肉來店主应曰師父要酒却有只是肉都賣尽了武行者曰且把酒盪四角來熟來过口片時吃尽了武行者大叫曰主人家你自吃的肉把來下酒一発还錢店主笑曰我也不曾見這個出家人只要吃肉那里去買武行者曰我又不白吃你的如何不賣與我兩個正在店裡論口只見外面一個大漢引着三四個走入店來主人迎接曰大郎請坐那漢曰我分付安排了麼店主答曰雞魚肉都煮熟了只等大郎來把我那青花甕酒來吃店主曰有在这里那漢引人便打武行者上席坐了主人捧出一樽青花甕酒托出一对熟雞一大盤精肉放在那漢面前武行者看了大叫主人家你好欺

武行者在店内喧鬧

我不还你錢麼主人連忙問曰師父休要焦燥要酒好說武行者睜眼喝曰你這青花甕酒雞肉如何不賣與我吃店主曰這酒和雞肉都是大郎自將來的只借我店裡吃武行者喝曰放屁主人曰也不曾見你這個出家人恁地恋酒武行者跳起把店臉上只一掌打撞过那边去那大漢見

武松被綁在柳樹上

武松得遇宋江救解

了大怒跳起身來揪着武松曰你這頭陀好不依本分恁的動手動腳武行者大怒曰你敢怎麼說那大漢便跳出便點手叫曰你那頭陀出來和你說武行者便趕出來那漢見武行者長大便做個門戶等他武行者搶入去接住那漢的手就手一扯扯入懷來只一撥撥將去恰似放番一個小孩兒一般那三四個村漢那里敢近前武行者踏住大漢提起拳頭打了三四十望門外溪裡一丟那四個漢子慌忙下溪去救起大漢投南去了那店家去屋後躲了武行者走入店來把酒肉雞都吃得醉飽了把直裰納結在背上沿溪而走行不得四五里路酒湧上來醉倒在溪边只見那吃打的漢子換了衣服提條扑刀同個大漢引着一夥庄客來尋武松赶到溪边見了武松叫拖去庄裡細細拷打喝声下手武松醉了掙扎不得被眾人擒倒拖捉上溪來到大庄裡眾人把武松剝了衣裳綁在大柳樹上拿東藤條眾人拿起打了三五十下只見一個人來問曰你兄弟又打甚人這大漢曰師父听禀兄弟今日去小店吃酒時耐這賊秃却來作鬧把兄弟痛打一頓又攛在水裡將頭臉磕破却得同伴救回引人去尋這賊却醉在溪边拿在這里拷打看起這賊不是出家人臉上刺得有金印必是逃罪囚徒問出根原解送官司說罷藤條又打那人曰賢弟且休打待我看他一看那人揪起頭髮看時叫曰這是我兄弟武二郎武行者認曰哥哥快救我那人喝曰教快與我解下來穿鵝黃襖子的連忙問曰這行者是誰人那人曰他是景陽岡上打虎的武松那兩個大漢慌忙解下把衣服與他穿了扶上草堂來武松見那人便拜那人正是鄆城縣人姓宋名江武松曰只想哥哥在柴大官人庄上如何在這里宋江曰我自和你在柴大官庄上分別之後先兄弟宋清回去修得家書報曰官司一事全得朱雷二頭領完成家中无事這裡孔太公使人來柴大官庄上請我至此這便是孔太公庄上這個和兄弟相打的便是独火星孔亮這個穿鵝黃襖子的便是太公大兒子叫做毛頭星孔明他兄弟好習鎗棒却是我点撥他因此叫我做師父我在此住了半年要上清風寨走一遭近時听得兄弟在陽谷縣做都頭今日如何做了行者武松將柴大官庄上別後把前事備細說了一遍孔明孔亮听了大驚便拜武行者答礼曰恰纔冲撞休怪孔明曰我弟兄有眼不識泰山望乞恕罪武行者曰相煩二位與我烘焙了度牒書信休要失落我的戒刀并出家珠孔明曰這事不須挂心宋江請出孔太公相見了便置酒款待当晚宋江與武松同榻敘話一宵次日孔太公殺羊宰猪相待武松当日筵散宋江問武松曰今要何往武行者曰張青寫書與我投宝珠寺花和尚那里入夥宋江曰我家近日有書來說清風寨小李廣花栄每每行書來請我去寨裡正待要起身去不若和你同往如何武松曰極好奈小弟做下罪犯至重遇赦不宥因此要去二龍山避难况且我又做了頭陀恐彼路上人識破連累哥哥且不便日後受了招安却來相投宋江曰兄弟歸順朝廷皇天必祐此相陪我在此住幾日宋江次日要與武松同行孔太公父子苦留不住只得排席餞行將出直裰度牒書信戒刀还武松各送銀五十兩為路費宋江與武松拜辭太公父子

武松宋江路口分别

直送二十里方回宋江武松在路上歇了一宵次日飯罷又走五十里來到地名瑞龍鎮乃是三叉路口宋江借問人曰欲投二龍山清風鎮不知那一路去鎮上人荅曰要投二龍山往西去要行清風鎮往東行過了清風山便是宋江听了便曰兄弟我們今日分手就這里吃三杯相別作詞浣溪沙单題別意

握手臨期話別难　山杯景物尽瀾珊　壯怀寂寞客囊乾
旅次愁來魂欲断　郵亭宿処鋏空弾　独怜長夜苦漫々

武松曰我送哥々一程宋江曰送君千里終須一别兄弟到得那里入夥日後受了招安為国家出力討得個封妻荫子表姓揚名也不枉丈夫之志氣可記愚兄之言圖個日後相見武松依允酒店内飲了数杯还了酒錢二人出店行到路口宋江流泪不忍分别自投西奔二龍山去了却說宋江投東清風鎮路上來只思武松又自行了幾日却遠々望見清風山宋江看那座山生得古怪観之不足走了一程天色晚了宋江心中[illegible]尽氣又[illegible]只顧望東山路裡撞將走了一更時分心裡越慌不想路[illegible]絆脚索銅鈴响処兩個林裡走出一群嘍囉把宋江捉縛解上山寨綁在柱上嘍囉曰等大王酒醒起來却割這牛子心肝來做醒湯宋江尋思曰我只為殺了一個烟花婦人出來如此辛苦却落在這里断送性命只見小嘍囉点起灯燭扶着一個大王出來宋江看那大王時頭上頂着鵝梨角披一領棗紅紵絲襖坐在當中虎皮校椅上生得如何有詩為証

赤髮黃鬚双眼圓　臂長腰濶氣冲天
江湖称做錦毛虎　好漢原來却姓燕

這大王祖貫山東萊州人氏姓燕名順別號錦毛虎原販牛馬因為消折本錢流落在綠林内打劫那燕順坐在校椅上叫曰孩兒們與我去請二位大王出來小嘍囉去不多時只見廁側兩边走出兩個好漢左边一個五短身材一双光眼怎生打扮有詩為証

駝褐衲襖錦繡鋪　形貌猙獰性麁鹵
貪財好色最強梁　放火殺人王矮虎

這個好漢祖貫淮西人氏姓王名英為因五短身材江湖人叫做王矮虎原是車家出身半路刼了客人事発到官越獄走上清風山彩右边生得白净面皮三牙髭鬚瘦臉濶膀着絳紅巾有詩為証

綠衲襖穿金翡翠　錦征袍滿絳紅雲
江湖上英雄好漢　鄭天寿白面郎君

這個好漢祖貫浙西蘇州人氏姓鄭双名天寿綽號曰白面郎君原是打銀匠為生好習鎗棒常好與人鬥一日因在清風山過撞着王矮虎和他鬥六十合不分勝敗燕順留在山寨坐了第三把校椅當下三个頭領坐下只見頭領報曰捉得個牛子献與三位大王做醒酒湯王矮虎出曰要取心肝做醒酒湯只見

嘍囉綑宋江見燕順

嘍囉掇一銅盆水放在宋江面前又拿一把剜心刀那個將水澆潑宋江心窩宋江嘆氣曰可惜宋江死在這里燕順听了宋江兩字便喝住嘍囉不要澆水便起身問曰漢子你認得宋江麼宋江曰小可便是燕順听罢喝退嘍囉尖刀把綁索割断便脫自已身上錦襖裹在宋江身上抱在

英劫一婦宋江勸救

中間交椅上坐喚那王英鄭天寿快來三人納頭便拜宋江連忙荅礼問曰三位壯士何故重礼燕順曰一時問少問緣由爭些害了義士若非仁兄自說出大名我們如何得知小弟在綠林中久聞仁兄大名只恨緣分淺薄不能拜識今日天使相會真乃你心滿意宋江曰宋江有何德能足下如此掛心燕順曰仁兄接納豪杰名聞天下梁山泊近來興旺衆謂皆仁兄之賜不知仁兄因何到此宋江把前情備細說了一遍三個頭領大喜隨即取套衣服與宋江穿了安排筵席吃到五更安頓宋江歇了次日宋江說起武松如此英雄三個頭領曰我們无緣若得他來十分好自宋江到此每日酒食欵待時當臘月山東年例臘月上坟只見嘍囉報曰大路上有乘轎子七八個軍漢跟着去上坟挂紙王矮虎是個好色之徒想轎裡必是個婦人點起嘍囉下山宋江苦阻他不住去不多時嘍囉報說王頭領趕走軍漢拍了婦人藏在山後房中去了燕順大笑宋江曰若貪女色不是好漢燕順曰這個兄弟諸般肯向前只有這一件宋江曰二位和我去劝他燕順鄭天寿便同宋江來到山後只見王矮虎摟住那婦人求欢見了三位來慌推開了婦人讓三位坐下宋江看那婦人但見

身穿縞素　腰繫孝裙　不施脂粉　自然体態妖嬈　懶染鉛華　生定天姿秀韻　雲鬟半軃　有魚沉落雁之容　星眼含愁　有閉月羞花之貌　恰似姮娥离月殿　渾如仙子下瑤池

宋江問曰娘子是誰家宅眷婦人荅曰侍兒是清風寨知寨的妻小因母棄世今來坟前化紙乞

大王饒命宋江听罢大驚曰我正來投知寨莫非花栄之妻便問曰你丈夫花知寨如何不同來上坟婦人曰清風寨有兩個知寨一文一武武官便是花栄文官便是侍兒丈夫刘高宋江尋思他丈夫既是花栄同僚我不救時明日不好相見便对王矮虎曰賢弟肯依我言王矮虎曰哥々言語无有不依宋江曰這娘子說是朝廷命官的恭人看酒面放他下山如何王英曰哥々听稟王英自漫個壓寨夫人况今這個是大愿今日纔遂了哥々容小弟还這個愿心宋江跪下曰賢弟若要壓寨夫人日後來宋江揀選一個少貌的賢弟這娘子是我友人同僚之妻做個人情放他去罢燕順鄭天寿慌忙扶起宋江曰這個容易燕順見宋江堅意要救這婦人不顧王矮虎肯與不肯只管喝轎夫抬去婦人拜謝下山兩個轎夫得了性命抬婦人飛走去了這王矮虎焦悶被宋江拖出前劝曰兄弟不要焦燥婚姻從日定有王矮虎只得陪笑同宋江等飲酒都說兩個轎夫抬得夫人回到寨中刘知寨見了大喜便問恭人回來緣由婦人曰那被清風山賊人擄我上山去我說是知寨恭人慌忙放我回來刘高便賞酒食與衆人且說宋江在山寨住了半月要投花知寨辭別下山三个頭領苦留不住設席餞行當日宋江辭別燕順等下山逕投花

宋江離寨遷往清風

知寨宋江此去險些兒死无葬身之地直教青州城外出幾箇好漢清風寨中有幾個英雄正是

遭逢龍虎皆天數　際会風雲豈偶然　且听下回分解

○第三十二回　宋江看小鰲山　花栄大閙清風寨

花榮設宴叙宋江情

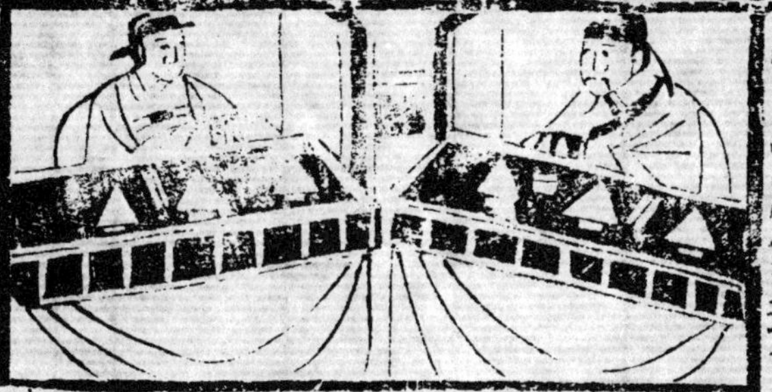

花開不擇貧家地　月照山河到處明　世間只有人心惡　萬事須还天養人
癡聾瘖啞子家豪富　智慧聰明却受貧　年月日時議注定　筭來由命不由人

原來清風寨却在青州只為條　路上通三処惡山故設此寨在清風鎮上本鎮也有三五千人家離清風山有六十里宋江來到清風鎮上便問花知寨在那处鎮上人荅曰北边大路口便是花知寨衙門宋江徑到門首見幾個把門軍漢通了姓名入去報知只見寨礼走出一個年少的軍官正是花榮出來迎接宋江看時怎生打扮有詩為証

身上戰袍金翠綉腰間玉帶嵌山犀滲青巾幘双環小女武花鞋推線低

花榮見了宋江便接了包裹扶宋江上厅花榮拜曰自别兄長五年矣所得兄長殺了一個腌花官司追捕小弟如坐針毡連有請書到府未卜兄長見否今日幸得到此言罷喚渾家崔氏并妹子出來拜見了便請宋江更換了衣服鞋宴款待宋江把救刘知寨說了一遍花榮听罷皺了双眉便曰兄長救他做甚的宋江曰我看貧弟分上一力救他花榮曰兄長不知這清風寨是青州緊要去处是小弟在此鎮守総保无事他把此处人民詐騙又且這婦人極是不賢只是唆使丈夫行不仁之事残害良民正典這賊人受辱终好兄長錯救了他宋江劝曰他和你是同寮官他雖有過失你可隐恶揚善花榮曰兄長所言極善明日公堂内見刘知寨時與他說知此事宋江曰如此也是貧弟好处花榮繋待夜深各自宿歇次日教從人陪宋江去清風鎮市并宮観寺院遊要本鎮上有幾個小勾攔茶坊酒館宋江與從人都遊遍了却去酒店中與從人飲酒宋江自已还了酒錢回來又不與花榮說知因此同去的人落得銀兩又得閑要无有不欢他看看元宵節近清風鎮上居民放灯慶賞元宵在大王廟前紮起一座小鰲山上面結彩張挂五百盞灯家家門首扎起灯棚賽挂好灯火市鎮上諸行百藝都比不得京師只是元宵晴明得好花榮去公廨內点起軍士去市鎮上巡邏回來邀宋江飲酒宋江曰听得鎮上今晚張放花灯我欲去看何如花榮曰小弟当陪奈我職役不能同往我教從人陪兄長去看早早回來小弟專待赴宴以覆佳节宋江曰奉命少刻便回只見東边推出一輪明月上來正是

玉漏銅壺且莫催　星橋火樹徹明開
鰲山高聳青雲上　何处遊人不肯來

宋江被劉知寨拷打

當晚宋江和親隨三個來清風鎮上看灯只見家家門首搭起灯棚懸挂異様花灯不計其数行到大王廟前看了鰲山灯只見那前面灯燭熒煌一夥人圍住在一個大墻院边熱閙鑼鼓响处衆人喝采宋江近前看時一夥舞鮑老的宋江身矮站人背後看不見那相陪的介開衆人讓宋江前看那跳鮑老的身軀紐得村蠢势植惧宋江看了呵呵大笑原來墻院礼却刘知寨夫妻二人在里面看所得笑声那婦人在灯下却認得是宋江便指與丈夫曰那黑臉漢子便是前日在清風山搶擄我的賊頭刘知寨听了便喚軍校六七人教捉那個笑的黑漢子宋江听得回身便走衆軍趕上把宋江

花榮綽鎗去救宋江

拿了恰似皂鵰追紫燕渾如猛虎啖羊羔押至厛前跪下刘知寨喝曰你這廝是清風山打劫强盜还敢來此看灯宋江曰小人自是鄆城縣客人張三是花知寨故友却不是賊那婦人從屏風轉將出來喝曰前日見你在山寨坐在中間交椅上不是賊是誰宋江曰恭人全不記是我救你下山今日到把我强扨做賊那婦人大怒指着宋江罵曰這等頑皮不打不招刘知寨便喝手下打那廝打得宋江皮開肉綻鮮血逆流便叫把鉄鎖〻了明日把做鄆城虎張三觧上州去却說相陪宋江的從人飛報花榮花榮大驚慌忙寫書差人在刘知寨去取差人賫書逕來到寨內將書呈上刘高折書觀看書曰

花榮拜上僚兄相公座前所有榮親刘丈近日從濟州來因看花灯悞犯尊威望乞情恕放免有當叩謝草字不恭伏乞台炤不宣

刘高看了大怒將書扯破大罵花榮你是朝廷命官却與强賊通同也來瞞我這賊已招是鄆城縣張三你却如何寫是刘丈你寫他與我同姓我便放他喝教把下書的打出去差人奔回禀知花榮花榮隨即拴束弓箭綽前上馬帶了五十人逕到刘高寨祇把門軍人都四散走了花榮搶到厛前叫曰請刘知寨說話刘高听得不敢出來相見花榮見刘高不出喝教左右房裡尋見宋江被刘高吊在梁上眾軍把刀割斷繩索打開鉄鎖花榮使人先送回家花榮上了馬發怒曰刘知寨恁主奈何我誰家沒親眷你捉良人在家强扭做賊明日與你說話花榮救了宋江回寨花

宋江夜逃被劉差捉

榮曰小弟悞了哥〻受苦宋江曰只恐刘高不肯和你干休花榮曰小弟捨官和他理会宋江曰不想這婦人將恩变位反教丈夫打我一頓要把我做鄆城虎觧上州去不得賢弟來救便有銅唇鉄舌分辨不得花榮曰我料他是讀書之人必念同姓之親因此寫个刘丈豈知如此宋江曰我被你奪回又辱罵了他〻如何肯罷今夜我先上清風山躲過明日却和他白賴只是文武不和无妨我明日若再被他拿去和他分說不過花榮曰恐兄長傷重走不動宋江曰我自挨到山下黃昏時分花榮使兩個人送出寨去了却說刘知寨尋思亦恐逃走之事却使軍人各帶器械去半路等候約有二更宋江正行之間却被軍人綁倒刘知寨大喜曰不出吾之所料且囚在後院騙下文書差人去青州申呈府尹次日花榮只道宋江上清風山去了刘高也只做不知却說青州知府姓慕容名彥達是今上徽宗天子慕容貴妃之兄倚靠妹子勢耀在青州横行害民正値升厛公人接上刘知寨申狀知府看了便曰花榮乃是功臣之子如何結連清風强賊便喚兵馬都監黃信分付這都監武藝高强威鎮青州所管三座悪山第一清風山第二龍山第三桃花山都是强人出沒去処黃信自誇要掃蕩三山因此喚做鎮三山黃信但見

相貌端方如虎豹　身軀長大似蛟龍
平生慣使喪門劍　威鎮三山立大功

那兵馬黃信領了五十壯健軍漢披挂上馬逕奔清風寨來刘知寨接着請到後堂叙礼畢設宴欵待叫取出宋江來與黃信看了黃信曰這個不必問造個囚車把宋江囚了便問刘高曰拿這

厮特花荣知否刘高曰下官夜來悄ヒ捉得那花荣只道張三去了因此不知黄信曰既然不知來日我提花荣用此計如此如此刘高曰絶妙次日先告軍士伏在所後安排酒筵等候黄信來到花荣寨前箇人通報花荣便出迎接黄信下馬請至所上叙礼畢花荣曰相公有何幹至此黄信曰下官蒙府尹差遣云清風寨文武不和誠恐二官因私忿而悞公事特差下官賫羊酒與二官講和排筵在大寨公所上便請足下同行花荣笑曰小官怎敢只是刘高要欺害花荣不想日勤府尹有劳都監光臨草寨便同黄信並馬而行來到大寨下馬二人携手同ヒ公所只見刘高先在公所三人相見了黄信教取酒來花荣不知是計黄信先將酒劝刘高曰知府因你二位不和好生憂心今日與你二公劝和向後有事和同商議刘高荅曰量刘高何足道哉只教相公休要挂心刘高飲過黄信又斟第二杯酒來劝花荣花荣接過飲了刘高斟一杯回劝黄信黄信接在手望地下一擲只听得後堂一声喊起走出三五十軍漢就把花荣拿到所前黄信喝曰綁了花荣叫曰我得何罪黄信曰你結連清風山強賊背叛朝廷當得何罪花荣曰相公有何見証黄信曰左右與我拿在囚車前花荣見了宋江目睜口呆面面相覷黄信曰這須不干我事見有告人刘高在此花荣曰不妨他自是鄆城縣人你要强紐他做賊到上司自有分辨黄信曰我只解你上州教將花荣也用一輛囚車陷了便與刘高点起一百寨兵防送就和你同去黄信與刘高上馬引了寨兵监押着囚車逕奔青州來直教人焰堆裡送数百処人家刀斧叢中殺一二千條性命正是大鬧青州縱横山寨直使王屏風上題名字丹鳳門中降赦書畢竟辦宋江花荣去青州如何且听下回分解

〇第三十三回 鎮三山鬧青州道 霹靂火走瓦礫場

妙藥難医寃債病 横財不富命窮人 虧心折尽平生福 倖短天教一世貧
生事ヒ生君莫怨 害人ヽ害汝休嗔 得便宜処休欢喜 遠在兒孫近在身

黄信與刘高部領寨兵觧押宋江花荣行不過四十里見一座大林子前面軍漢都立住了脚黄信在馬上問曰為甚不行軍漢荅曰前面林子裡有人窺望黄信喝曰只管過去听得鑼鼓一斉响起寨兵都慌了黄信喝曰你們都擺開叫刘知寨押着囚車黄信拍馬向前看時五百嘍啰攔住去路為頭三個好漢乃是錦毛虎燕順矮脚虎王英白面郎君鄭天寿喝曰過路的留下三千貫買路錢放你過去黄信喝曰你們廻避鎮三山在此三個嘍啰曰你就是鎮万山也要三千貫黄信曰我奉上司幹公事的都監那有貫錢與你三個笑曰便是趙官家駕過也免不過黄信大怒拍馬舞劍直取燕順三個挺刀來迎黄信鬪了十合一人怎敵得三個撇了衆人独自飛馬奔回清風鎮寨軍各弃囚車四散走了刘高見势頭不好勒馬便走衆嘍啰扯起絆馬索把刘高馬絆番倒撞下衆嘍啰拿了刘高打破囚車救出宋江花荣嘍啰剥了刘高衣服與宋江穿了就騎他的馬送上山寨這三個同花荣把刘高綁押回寨原來燕順等聯地先差人來清風鎮上打听消息報知三個帶了人馬

黄信設計假行講和

黄信解押宋江花榮

花榮刻劉高的心肝

出大路來截因此救了二人上山二更時分都到山寨相会請宋江花榮坐定三個付席用酒設侍款待花榮称謝曰花榮與哥哥之得三位救了性命只是我妻妹在寨中必被擒捉燕順曰知寨放心明日兄弟下山取恭人令妹不勞挂念花榮曰若得如此深感大恩宋江曰且把刘高拿來厮前跪下宋江指罵曰我與你平昔无寃如何所信不賢婦人害我是何道理花榮曰哥哥問他則甚把刀向刘高心裡一剜那顆心献在宋江面前嘍囉拖過屍首宋江曰此恨那個潑婦不曾出這口怨氣王矮虎曰明日我去捉那婦人來當夜酒散次日商議去打清風寨燕順便点兵馬起程且說都监黃信奔回清風寨飭撥寨兵堅守栅門寫了申文飛報慕容知府知府看申文大驚曰花榮反了結連清風山强盗清風寨难保矣便請指揮摠管本州兵馬秦統制來商議這統制乃山後開州人氏姓秦名明因他性急声若巨雷都霹靂火祖是世襲軍官使一條狼牙棒有萬夫不當之勇來見知府各施礼畢知府將黃信申文與他看了秦明大怒曰紅頭子敢如此无礼大人放心不才便去拿了這賊知府曰若遲緩賊必打清風寨矣秦明曰明日早行知府大喜秦明回衙点起一百軍馬四百歩兵出城提狼牙棒上馬逕奔清風寨來却說清風山哨探嘍囉听知備細報上山來衆好漢正待要打清風寨听得秦明到來面面相覷花榮曰衆位且不要慌自古道兵臨告急必須死敵只依我行先用力敵後用智取如此定計好広宋江曰正是如此便令嘍囉准備去了再說秦明領兵來到清風山下离十里下寨擺開人馬只听山下鑼鼓

秦明大戰花榮許敗

振天見衆嘍囉簇擁花榮下山來列成陣勢花榮在馬上便與秦明施礼秦明喝曰花榮你是祖代將門之子朝廷教你做知寨有何虧你恁的結連強寇作反今來捉你快下馬受縛花榮曰我恁敢肯反朝廷實是刘高公報私仇逼得花榮到此望摠管詳察秦明喝曰誣說便輪棒直取花榮曰我讓你是上司官你道俺真個惧你縱馬挺鎗來迎秦明兩個鬭到五十合不分勝敗花榮賣個破綻撥馬望山下小路便走秦明大怒拍馬赶來花榮按下了鎗左手拈弓右手搭箭射中秦明盔頂上紅纓不敢追赶衆嘍囉一開都走上山去秦明教衆軍取路上山去見山上擂木砲石打將下來秦明是個性急之人帶領軍兵遶山下來尋路只見西山鑼响樹林中閃出紅旗來秦明引了軍馬赶將去時鑼也不响紅旗也不見了秦明看那路時只見東山上鑼又响秦明大怒氣滿胸膛喝令軍士上山尋路軍人禀曰這里都不是正路只前面東南上有條大路可以上去秦明听了便曰既有大路随夜赶上去郎引人馬奔東南角上來看看天色晚了走得人困馬乏正欲下寨造飯只見山上火把乱起鑼鼓齊鳴秦明大怒領人馬跑上山來樹林內箭如雨下秦明只得回馬下山且教軍士造飯恰纔燒得火着只見山上火把呼風唿哨下來秦明引軍赶時火把都滅了當夜月被雲遮不明秦明便教軍士点起火把只听得山頂上鼓响十餘個火把照見花榮與宋江等在那里飲酒秦明心中没出氣処勒馬在山下大罵花榮回言曰秦統制不必焦燥且向去息我明日和你併個輸贏秦明曰反賊你便下來我和你併個三百合花

衆嘍囉觧秦明上山

荣笑曰你今自飢困了我贏得也不為高强秦明在山下正罵之間只見部下軍馬發喊起來秦明看時山上火箭火炮一齊射將下來衆軍走過那边深坑去躲此時三更衆軍士正躲得炮箭時只叫得苦上流頭滾下水來一行人馬在溪内各自掙扎性命扒得上岸的都被小嘍囉撓鈎搭住活捉上山滾死者无数秦明怒氣冲天見左側一條小路拍馬撥上山來不提防和人帶馬跌下坑陷兩边埋伏撓鈎把秦明帶馬搭將起來觧上山去了這都是花荣宋江的計策預先把土布袋填住兩溪水等夜深時人馬逼赶下溪去上面却放下水來以此活捉許多人馬當下衆嘍囉觧秦明到山寨五位好漢坐在聚義所上嘍囉隨秦明到所前花荣見了慌忙親自下所來觧了縛扶上所坐納頭便拜秦明答礼曰我是被擒之人由你碎屍何故下礼拜我花荣跪下曰小校不識尊長冒犯望乞恕罪秦明扶起花荣問這位為頭的好漢却是誰花荣曰這位乃鄆城縣宋押司是花荣結義的哥々這三位乃山寨之主燕順王英鄭天寿秦明曰這三位我曰知了這宋押司莫不是山東及時雨宋公明麽宋江曰小人便是秦明連忙下拜曰聞名久矣不想今日得会宋江回拜秦明見宋江腿脚不便遂問其故宋江把刘高妻害事說了一遍秦明曰原來如此待秦某回州辦明此事燕順排宴款待秦明飲數盃酒便起身曰衆列位好情小弟告辭回州燕順曰總管五百兵馬都没了如何回得州去不如权在草寨列作商議秦明听罷拜曰朝廷命我為兵馬總管不曾虧我如何可反衆位要殺便殺休想我随順花荣曰秦兄長請起

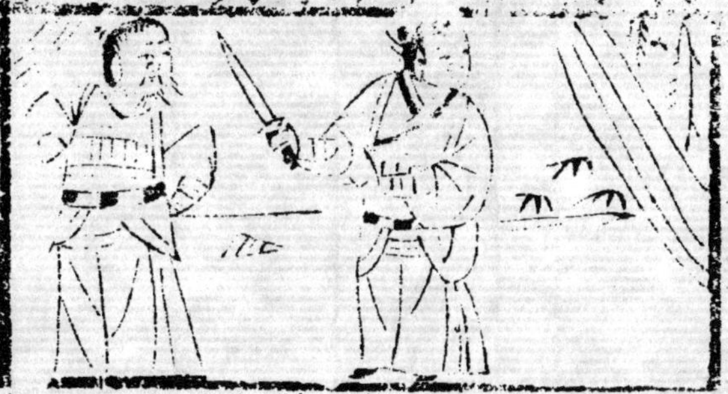

秦明回城下見知府

听小弟一言我也是朝廷命官被逼迫如此總管既不肯落草不敢强逼請終了席小弟討盔甲鞍馬器械还兄長去決不敢苦當秦明只得依從這五位好漢輪次把盞秦明一則困倦一則憂悶因勸不溺開怀吃得大醉扶入房中睡了秦明不覺直睡到日辰牌時分方起便要下山衆人知秦明性急即安排酒食款待了取出盔甲等件交还秦明辭别上馬提了狼牙棒离了清風山取路飛奔青州來十里路頭望見烟塵乱起並无人往來秦明心疑到得城外看時旧有數百人家却被火燒作一片白地瓦礫場上殺死男子婦人不計其數秦明見了大驚跑到城下大叫開門只見門边吊橋高拔起來都擺列着軍士旌旗秦明叫曰我是總管如何不放我入城只見慕容知府立在城上大罵曰反賊你昨夜引人馬來攻城把許多百姓殺了燒了房屋今日又來賺哄城門明日奏聞朝廷拿你碎屍万段秦明叫曰小時折了軍馬都被捉上山去方纔得脱昨夜那曾來打城知府曰我認得你的馬匹衣甲軍器頭盔尚敢抵賴今來賺開城門取你老少你妻子我已殺了你若不信與你頭看擲下首級秦明見了大小首級氣滿胸膛分說不得秦明見得回瓦礫上尋思半晌再回原路行不三十里只見宋江花荣等在馬上欠身施礼曰總管怎不回青州今独自投何処去秦明怒曰不知那個賊假粧作我去打城燒百姓房屋殺害良民我一家老小都被知府殺了我今有家难奔有国难投既如此請回寨商議秦明只得随宋江等到清風山來已安排酒食在所上五位請秦明上席坐定五位跪下秦明連忙答礼宋江曰總管

黄信開柵迎接秦明

休怪昨日誑冒足下致意不肯却是宋江這條計使唆嘍如此絕了總管歸路今日我等請罪秦明听了怒忿于心只得納氣曰你們弟兄要留秦明只是害了妻小一家人口宋江曰兄長肯死心塌地没了夫人花知寨有一令妹甚賢宋江情愿主婚與總管為室如何秦明見衆人如此相敬只得依允却請宋江居中坐了秦明上花荣肩下三位依次而坐飲酒商議打清風寨一事秦明曰這事容易黄信是我治下明日去叫開柵門說他來入夥就取花知寨寳眷拿劉高那潑婦與仁兄報仇宋江大喜次日秦明披挂提狼牙棒上馬投清風鎮來黄信听得報說柵外秦統制自一騎來到黄信便教開了柵門迎接秦總管到所前下馬叙礼罷黄信問曰總管因何單馬到此秦明先說損折軍馬後說宋江見在清風山我今也在寨中入夥你又无老小何不也去山寨入夥免受文官的氣黄信曰既總管在彼黄信安敢不從只得不曾听得有宋公明在山上秦明笑曰便是你前日解去的鄆城虎張三黄信听了頓足曰若是小弟知是宋公明路上也放了他只听劉高唆使險害性命秦明黄信正在所上起身只見寨兵報有兩路軍馬殺奔鎮上來黄信秦明急到寨門邊看時只見兩路軍馬宋江花荣燕順王英各領人馬黄信大開寨門迎接兩路人馬到鎮宋江傳令休害百姓先打南寨把劉高老小殺了王英奪了劉高妻子唆嘍將金銀財物擄上山寨黄信與衆好漢施礼已畢坐于衙下宋江將財物分賞唆嘍燕順問曰劉高妻子今在何处王英曰今番小弟要做押寨夫人燕順曰你與出來我有話說王英

衆人商議要上梁山

喚到所前宋江喝曰你這潑婦我好意救你回去如何把恩仇報言笑未了燕順拔出腰刀截為兩段王英怒便欲和燕順厮併宋江苦劝曰燕順殺這婦人是理你看我一力救他如何又叫劉高害我你當在身边久後成禍容宋江日後娶個好的與賢弟滿意王英被衆所劝默默无言燕順教唆嘍拖去屍首排筵慶賀次日宋江主婚燕順為媒將花荣妹子嫁與秦明為妻說忽唆嘍上山報曰慕容知府親自來捉宋江花荣秦明黄信故起大軍征剿衆人听罷商議曰此間不是久恋之地倘或大軍來如何退敵宋江曰今梁山泊晁天王聚有五千軍馬官軍不敢正覷我們不若去那里入夥秦明曰此处十分好只是沒人引進宋江把刼生辰綱一事說了一遍秦明等曰事不宜遲收拾即行當日十数輛車子把老小金銀財物都裝載了共有五百人馬宋江下山只做去收梁山泊官軍放火燒了寨柵宋江與花荣引五十騎馬簇擁五七輛車子老小先行秦明黄信引人馬作第二隊燕順王英鄭天寿引人馬作第三隊离了清風寨投梁山泊來旗號寫着收捕草寇官軍誰敢阻當宋江花荣兩騎馬在前行到对影山兩边兩座高山一般形勢中間却是一條大官路只听得前山鑼鳴鼓響花荣曰前面必有强人引二十餘騎軍前去探路見一簇人馬擁着少年壯士立馬在山坡前大叫曰今日我和你比試分個勝敗只見山岡背後擁出一隊人馬來馬上坐着一個少年壯士使一枝方天畫戟就大路上交鋒兩個壯士鬥到二十餘合不分勝敗花荣宋江馬上看了良久只見兩枝戟上一枝是金錢豹子尾一枝是金錢

宋江勸和郭盛呂方

五色旛上面絨絛結住花栄見了拈弓搭箭覷定射去把絨絛射斷分開兩枝畫戟衆人喝采兩個壯士不閗纔馬跑來花栄面前只顧求神箭將軍大名花栄曰這位義兄是山東及時雨宋江我便是清風鎮知寨花栄那兩個壯士下馬拜曰聞名久矣宋江花栄連忙下馬扶起請問二位壯士大名那個穿紅的曰小弟姓呂名方潭州人氏愛使方天戟人都喚小江候呂方因販生藥到山東消折本錢不能還鄉占住這影山安身近日這個壯士要奪我山和他各分一山他又不肯因此每日下山厮殺不想得遇尊顏宋江又問穿白壯士高姓那人曰小人姓郭名盛西川嘉陵人氏因販水銀黃河遭風回鄉不得小人學得方天戟慣熟人都叫做賽仁貴郭盛因來和他比試戟了數日不分勝收不期今日得遇二公宋江曰我與你二人劝和正說間後隊人馬已到各相見了呂方就請衆位上山殺牛宰馬筵会宋江就說兩個同去入夥兩個便收拾財物起身宋江曰我和燕順先行你隨後便來次日宋江燕順一行人馬入酒店坐定只有一付大座頭先有一個大漢在那里占了宋江看那人身長八尺淡黃骨查臉一双鮮眼沒根髭鬚宋江叫酒保曰我伴當人多你叫那位客官裡面去坐那漢听了大怒曰也有個先來後到甚麼官人伴當要換座頭老爺不換燕順对宋江曰你看无理底宋江曰由他便了酒保陪小心曰周全小人買賣換一換何妨那漢大怒曰你欺負老爺独自要換座頭便是起官家老爺也不換燕順听了便曰你不換也罷那漢起身來綽短棒應曰我只罵他要你多管老爺天下只讓兩個人其餘都把

宋江店中得遇石勇

做地泥看燕順大怒便提起板櫈打來宋江自分那人出語不俗橫身劝解曰請問兄長只讓天下那兩個那漢曰一個小旋風柴進一個鄆城宋押司宋公明燕順暗忖把板櫈放下宋江曰你既說起這兩個人我都認得你在那里與他相会那漢曰三年前我在柴大官庄上住了數個月只不曾見得宋公明我如今正要去尋他宋江曰尋他何如那漢曰他親弟宋清教我寄家書去尋他宋江听了大喜曰我便是宋江那漢便拜曰天幸遇哥哥事些挫遇宋江使邀入裡面問曰家中近日沒甚事那漢曰小人姓石名勇大名府人氏綽號石將軍為因賭博打死人了逃走在柴大官庄上听得哥哥大名特去投奔却見令弟說哥哥在孔太公庄上因此寫家書與我帶來如見哥哥可教作急同來宋江見說心中疑慮便把上梁山泊一事对石勇說了石勇曰哥哥若去入夥帶我同去宋江曰最好教酒保整酒來石勇便去包裹內取出家書遞與宋江接着看封皮又沒平安二字宋江拆開看了

父親旧年五月因病身故停喪在家專等哥哥回家遷葬千萬莫悞宋清泣血奉書

宋江看罷大哭曰不孝逆子老父身亡不能盡子之道與禽獸何異宋江痛哭石勇劝曰哥哥且休煩惱宋江曰不是我薄情分老父已死星夜要趕回去你們自上山去則個燕順劝曰哥哥太公既死雖到家不得見面且自寬心引我等同去那時小弟却陪侍哥哥回家奔喪未遲宋江曰我若陪侍你上山去時悞了我多少日期只好

朱貴店裡看宋江書

一封書與你去我分步行連夜赶回家去燕順石勇苦留不住宋江寫書交與燕順曰我的書去
並无阻滯兄弟休怪辭別去了次日分縣都到燕順石勇接着備說宋江奔喪去了衆人都埋怨
燕順不留石勇曰他聞父親死了恨不得飛到家裡寫下一封書札在此我們去並无阻滯花榮
秦明曰我們只顧去那里不容時又行道理九個好漢領了人馬漸近梁山泊
來只見水面上鑼鼓振响滿山遍野都是彩旗水泊裡掉出兩隻快船來船上
坐個頭領林冲背後船上頭領乃是刘唐各帶嘍囉在船上喝了
軍敢來這里來收捕我們花榮秦明答曰我們不是官軍
明書在此特來相投入夥林冲曰既有宋公明書
看再請相会船上紅旗一招芦葦中出一隻小船
位與我來衆人跟着漁人直到朱貴店裡都相見了坐
了朱貴差人賫書上山報知次日軍師吳用親到朱貴店
有了數隻船來吳用朱貴邀請九位下船望金沙灘來泊
衆位相見直至到聚義堂上施礼畢那時白勝越獄逃脫上山[illegible]
坐下共有二十一位好漢宰了牛羊開筵焚起一炉香各說誓了設宴款待收拾房舍安
頭家眷秦明花榮席上稱讚宋公明在清風報冤一事又說遇呂方郭盛說了飲酒
到晚方散次日設定坐席衆議坐位因為花榮是秦明大量衆人推讓花榮坐了第
五位秦明第九位刘唐第七位黃信第八位[illegible]元之下便是燕順王英

迎敵官軍却說宋江連夜赶到本鄉村口
分排司年中不曾到家中今日方歸如何
百曰你今奇從來過東村王太公在我店里
寄書來說父親今年正月死了我好
見了江宋都來恭拜宋江問曰我在
在張社長店裡吃酒回來聽了宋江
兄弟便罵曰宋清忤逆畜生父親在堂
太公出來曰我兒不干兄弟之事
們回來得速我父所得人說白虎
心不孝之人却是柴大官人敬叫石
村日敢問老父如何官事太公曰多着
是新立皇太子已降下一道赦書凡有民間犯了
也二都頭曾來庄上应宋清曰朱仝雷橫已往東京去了雷橫
非親新添兩個都頭姓趙的勾攝公事宋太公曰我兒遠
論門兒喊起來登樓望時四下都是火把團住庄所外有
[illegible]英雄心是好直教水泊岸聚集英雄好漢鬧市叢中却
地煞同心協力且聽下回分解 [illegible] 水滸全七卷終

宋江飲

宋江進至…怕宋江在上便青…

三郎在此婆惜倒在床上只等張三听叫愛的…

來看是宋江復上樓去睡了閻婆又叫我兒三郎在

屋不遠他如何不自來閻婆曰我同你上樓去宋江上樓坐了閻婆便

我請不得他來你起來陪句話婆惜曰我又不曾做了歹事他自不上門來少…心自陪話宋江

听了也不做声婆子掇過交椅在宋江肩下推女兒過來曰你和三郎在那婆惜便去宋江對面

呉用等分別宋公明

豪杰上山光耀草寨恩報無門宋江荅曰日前本欲上山拜探兄長偶[illegible]但見寄家書說我回家不期事發今配江州蒙兄呼喚不敢不至既兄等顏面欲往奈我限期相逼只此告辭晁蓋曰請少坐衆頭目都來參見宋江依次把盞酒至數巡宋江起身謝曰已領衆弟兄相愛之情宋江乃是有罪囚人不敢久停只此告別晁蓋曰既是賢兄不肯害兩個公人多與金銀送他回去只說被梁山泊搶去了不会問罪于他宋江曰念小弟有老父在堂如何敢違教訓若不肯放宋江下山情愿就死于此淚如雨下哭倒在地晁蓋等扶起曰既逆兄長堅心要往江州今日且住一宿明日便送下山次日宋江堅意要行吳學究曰我有個相識見在江州充作兩院節級姓戴名宗本处人称為戴院長他有道術一日能行八百里程途称他做神行太保小生修下一封書與兄長去到彼即投此人衆頭領致酒送行取出一盤金銀來送下山辭別宋江和公人投江州去行了半月之上望見一條高嶺兩個公人曰過了這條揭陽嶺只見嶺腳邊一個酒店宋江同公人入店坐下只見裡面走出一個大漢怎生模樣但見

赤色虬鬚乱撒　紅絲虎眼圓睜　揭嶺殺人魔兒　酆都催命判官

那人問曰客官打多少酒宋江曰有熟肉切二斤打一桶酒來那人曰客人休怪我說我這嶺上賣酒先交錢方緣吃酒宋江便取出碎銀先交與他那人便打了一桶酒一盤牛肉盪熱將來篩在碗三人正在飢渴之中各吃了一碗只見兩个公人口角流涎望後便倒宋江起身曰你兩人

三人上嶺入店問由

如何便醉不覺自己也昏倒了那人把[illegible]拖將入去放在剝人櫈上又把兩个公人也拖入去把包裹打開看時都是金銀那人曰少刻等大家回來開剝只見有三个人奔上嶺來那人認得問曰大哥那里去那大漢应曰我特來嶺上接一个人不知他在那里躭閣那人曰却是等誰那大漢曰等济州鄆城県宋江那人曰莫不是江湖上称及時雨的大漢曰正是此人那人又問因甚在這裏過大漢曰近日有個相識從济州來說鄆城県宋押司斷配江州牢城我料他必從這路來因此連日在嶺下等候並不見來我今日同兄弟上嶺來望你一望這幾日買賣如何那人曰不瞞大哥說今日捉着三个行貨兩个公人一个罪人那漢失驚曰莫不是宋江不曾動手麼那人曰正等[illegible]家回來開剝教那大漢即取公文看大驚曰天使我今日上嶺來連忙討解藥救起我的哥哥來那人調了解藥灌將進去扶出宋江坐了醒來那大漢納頭便拜宋江問曰兄下是誰只見賣酒的也來拜宋江慌忙荅礼曰二位大哥請起敢問二位高姓大名大漢曰小弟姓李名俊廬州人氏在楊子江做了私商能識水性人都唤小弟做混江龍這个賣酒的是此処人人尽呼做催命判官李立這兩個兄弟乃是潯陽江边人專販私塩報李俊家安身一个喚做出洞蛟童威一个喚做翻江蜃童猛[illegible]拜了地宋江曰如何知小弟姓名李俊曰小人有个相識近日從济州來說哥哥大名[illegible]必從這里經過小弟連日在嶺下等接今日天幸使我上嶺來尋遇見李立說起小弟[illegible]交看了方知是哥哥何不在此停要幾日休上

薛永打拳宋江賜銀

江州受苦宋江曰梁山泊苦留小弟不允此間如何住得李俊曰哥々義士必不肯胡行你快救起那兩個公人李立把解藥救了公人起來當晚置酒款待衆人次日宋江相别下山和李俊童威前倆到李俊家李俊殷勤結拜宋江為兄次日宋江要行李俊苦留住宋江帶上行枷辭别李俊取路望江州去三個行了半日來到揭陽鎮只見一簇人圍住在街上看宋江分開人叢也挨入去看時却是一個使鎗棒賣膏藥的宋江見他使一回拳宋江喝采那人拿起盤子來曰小人遠方人氏來投貴地雖无本事全仗列位官長作成如膏藥當下取贖如不用膏藥相送些銀子銅錢休教空過盤子那教頭掠了兩遭沒一個出錢與他宋江見他惶恐便取銀五錢喚曰教頭我是個犯罪之人與你銀权且收下那漢子接了謝曰揭陽鎮沒一個好漢抬舉咱家難得這位恩官又是為事經过何以克當願求恩官高姓大名宋江曰輕微微肌何須致謝小弟姓宋名江下說之間只見人群之中一個大漢搶近前喝曰那個囚徒敢來滅我揭陽鎮上威風遠斷那里學得鎗法來這里賣弄我已分付了衆人不要打発他你這囚徒如來敢來出答宋江看那大漢怎生模樣但見

雪花蓋膀双龙捧項錦包肚二鬼爭環潯陽岸英雄好漢但到处部沒遮攔

那大漢說罷提起拳頭劈臉打來宋江躲过那大漢又赶入一步宋江恰欲和他放对只見那使鎗棒的教頭赶将來一手揪住大漢頭巾一手提住腰跨只一敎顛翻在地那大漢郄待挣扎起

又被教頭一腳踢倒了兩個公人劝住教頭那大漢扒将起來一直走了宋江請問教頭高姓大名教頭答曰小人河南洛陽人氏姓薛名永祖父是老种经畧帳前提轄小弟只在江湖上耍鎗棒賣藥度日人都叫小人做病大虫止要來拜育顏何期在此相会同到酒店去吃兩杯入店坐下店家曰恰纔和你厮打的分付了若是賣酒與你們吃把我這店打得粉碎這人是揭陽鎮上一霸誰敢不听四人只得退出店來薛永曰暫且分别小人二三日門郝來江州相会宋江又取銀数兩與薛永二人相别宋江和公人去到客店投宿都曰小郎分付不敢相留宋江見不是話頭擲開脚步望大路上走看々天色晚了只見遠々小路上隔林射出灯光宋江曰那灯火明处必有人家去那里投宿一夜三個人來到一所大庄院公人敲門庄客開門宋江曰小人犯罪配送江州今日錯过宿頭欲求賃庄借宿一宵庄客曰等我去通知庄主太公分付庄客家接宋江和公人到厨上相見了整備酒飯领去房裡安歇公人曰替都司去了行枷自在睡一夜宋江去房外净手只見星光滿天進房中去睡听見庄裡人有人点火出去麥場上照着宋江在門縫裡見是太公引着庄客把火到処照遍宋江对公人曰這太公和我家父一般件々都要自來照管又听得外面有人叫開門放入五六個人來為頭的手拿朴刀從人手執提棒火把照耀宋江看時提朴刀的是揭陽鎮上要打我的大漢那太公問曰小郎你又和甚人厮打大漢曰哥々在家麼太公曰你哥々酒醉去睡了大漢曰今日鎮上一個使鎗棒賣藥的漢子不先來恭見我

宋江公人投庄安歇

宋江公人躲避便走

兄弟使去鎮上使鎗棒賣藥我先分付了鎮上人不要與他賞錢不知那裡來的一個囚徒把五錢銀子賞他滅俺威風我正要打那囚徒恨那賣藥的鍬翻打我已曾分付酒店不許安歇他們我苛挐了賣藥吊在家裡了今赶那囚徒不着前面又沒客店不知投那里去了我如今叫哥ヒ起來分付去赶太公曰他有銀子賞那人了你甚事快依我說休教你哥ヒ知道莫去害人性命你也積些陰德那漢不听他說逕入庄內去了太公隨後赶入去宋江听見对公人曰這事怎了却又撞在他家投宿倘肰知道必害我們性命不如快走公人曰說得是宋江曰我們撥開屋後壁子出去公人挑起包裹宋江提了行枷三人趁星月之下望林子深処只顧走見前面滿目芦花也是潯陽江边听得背後人叫配軍休走宋江三人躲在芦葦叢中望後面火把漸近宋江泣噗曰早知如此只在梁山泊也罷正在危急之際只見江面上搖隻船來宋江叫了泣曰梢公背後有强人來打劫快把船來渡我多與你銀子那梢公听見把船放到岸边三個連忙跳上船去便開了船那梢公听得包裹落声响大喜把櫓搖到江心見岸上那夥人赶到岸边大漢叫曰梢公快搖船過來宋江伏在船艙裡曰不要過去我們多與你銀子相謝梢公不應把船望上搖去岸上這夥人喝曰你那梢公不搖船過來教你都死梢公冷笑應曰老爺喚做張梢公你不要欺我岸上那個長漢叫曰原來是張大哥我弟兄只要捉那個囚立那梢子一頭搖櫓一面說曰我這幾日接得這個上船却讓你接去宋江梢ヒ和公人曰也难得這個梢公救了我們性命不可忘他的恩只見梢公搖櫓口裡道

老爺生長在江边　不怕官司不怕天
昨夜華光來趂我　面前拏得一金磚

宋公人蘆岸上船

宋江听了只說是嘲要只見那梢公放下櫓曰你這三個平日最会做私商詐害人今夜却撞在老爺手裡你三個要吃扳刀麪要吃餛飩宋江曰駕長休要取笑怎的是扳刀麪怎的是餛飩梢公睜眼曰老爺和你要吃扳刀麪我有一把潑風刀不消三刀把你們剁下水去若要吃餛飩你三個脫了衣裳自跳下江裡去宋江听了扯住兩個公人曰正是禍无双至福不單行梢公喝曰老爺喚做有名的狗臉三個好好商量快回我話宋江曰我們也是犯罪的人可怜見饒我三個人性命把包裹金銀尽數與你那梢公揸板底下摸出一把扳刀來喝曰你三個要怎的宋江仰天漢曰為我犯下罪責連累你兩個公人宋江和公人抱哭恰欲跳入水只見江面上一隻快船到面前喝曰梢公是誰敢在當港行事船裡貨物見者有分那梢公听了慌忙应曰却是李大哥那漢曰張大哥船内甚么貨梢公答曰岸上穆家弟兄赶三個行貨來却是兩個公人解個黑矮的囚徒决配江州去前那漢曰莫不是我哥ヒ宋公明宋江听得声音便叫兄弟救我那漢驚曰真個是宋哥ヒ麼忙跳過船來却是潯陽江危李俊背後搖櫓的是童威童猛便曰若小弟來得遲了險些害了仁兄性命今日大使李俊在家坐立不安掉船出來江上不想又遇哥ヒ在此梢公問曰李大哥這黑漢是誰李俊曰便是山東及時雨宋公明梢公便拜曰我的爺你何不

張橫上岸結拜宋江

只說姓名爭些兒害了仁兄性命宋江問李俊曰這位好漢是誰李俊曰這位好漢是小弟結義兄弟原是小孤山下人氏姓張名橫綽號船火兒專在潯陽江做這道路當時兩隻船並着搖奔江边來纜了船扶宋江上岸張橫拜問曰哥〻何事配來李俊把宋江犯事的根由說了一遍張橫听了曰好教哥〻得知小弟嫡親弟兄兩人我還有個兄弟生得渾身雪練一般沒得五十里水面他在水底下能伏得七日七夜尋得一身好武藝人都喚他做浪裡白跳張順我兄弟二人因賭錢輸了我使雙槳渡船在江边有等客人貪省錢的便下我船來待坐滿了便教兄弟張順也扮作单身客人〻着包裹來却上船搖到江心歇下捕一把扳刀却討船錢本合五百錢定要他三貫却先問兄弟討起他假意不肯还我我便把他來先攛下江裡個〻驚慌把錢出來却載他到僻处上岸我兄弟走過水底对岸與我分錢我弟兄只靠這個道路過活我如今只在這江上做私商兄弟張順在江州做賣魚牙哥〻去時小弟寄封書去只是不会寫李俊曰我去村裡央個先生來寫留下童威童猛看船五個人投村裡來張橫曰我家兄弟还未回去李俊曰教他兩個來拜見哥〻宋江曰他二人正要來捉我李俊曰仁兄放心他也是我們一路人哨了一声那兄弟到曰二位大哥如何與這廝熟李俊笑曰你道是誰他是山東及時雨宋公明哥〻那兄弟放下朴刀便拜曰聞名久矣今日得会却是冒凟望乞哥〻恕罪宋江扶起曰願求二位大名李俊曰他弟兄是此間富戶姓穆名弘綽號沒遮攔兄弟穆春喚做小遮攔是揭陽鎮上一

覇我這里有三覇揭陽嶺下便是小弟兄李立是一覇潯陽江上張橫張順是三覇宋江曰既都是弟兄望乞放还薛永穆弘笑曰哥〻放心隨即教兄弟穆春去放且請仁兄到敝庄請罪李俊曰如此最好穆弘教庄客去看船請童威童猛到庄相会請出穆弘公來草堂上分賓主坐定宋江看穆弘好表人物但見

面似銀盆身似玉　頭圓眼細眉長　威風凛〻過人雄　灵官闗斗府
祇聖下天関　武藝高强心胆尖　陣前不肯空还　攻城野戦奪旗旛
穆弘真壯士　人號沒遮攔

公廳宋江參見管營

穆弘排席欵待宋江飲至天明宋江要行穆弘衆人苦留不住當日穆太公送銀一盤餞別穆弘家書一封送與宋江收訖穆弘等遠送各辭而別宋江和公人到了江州府公人取出文書直入府中正值府尹升厅知府姓蔡名德章是當朝太師蔡京怕兒子為官貪濫因江州是個粮實去处公人當所下了公文知府看了宋江一表非俗便令差人寫帖送下牢城两個公人領了回文交还包裹行李與宋江回濟州去了宋江把人情送與管營的人因此俱各歡喜引宋江到点視厅前管營曰這人是縣吏出身着他做抄事立了文案宋江謝了去到參事房安歇衆囚徒見宋江有面情都買酒來接鋒次日宋江置酒回請滿營俱各欣喜宋江一日與差撥吃酒差撥曰那節級的常例兄長如何多日不送去宋江曰那節級要時一文也无差撥曰那人好生利害倘或他羞辱你時却道我不通知宋江曰我自有措置只見牌頭報曰

宋江節級酒樓敘情

李逵酒樓會得宋江

節級在廝上罵曰新到配軍如何不送常例錢與我差撥曰那人連我們都怪了宋江曰我自央回答宋江辭了差撥自來廝上見節級不知如何回答致使江州城裡翻為虎窟狼窩十字街頭變作屍山血海正是撞破天羅歸水滸沖開地網上梁山畢竟宋江來見節級如何且听下回分解

○第三十五回　及時雨会神行太保　黑旋風鬬浪裡白跳

心安茅屋穩　性定菜根香　世事靜方見　人情淡始長
因人成事業　避難遇豪張　他日梁山泊　高名四海揚

那節級見了宋江便罵曰你這矮黑殺才倚誰勢耀不送常例錢與我宋江曰你如敢逼取人財那人大怒喝曰配軍焉敢如此无理且把這廝一百訊棍兩边皆理都和宋江好衆人見說要打他一閧都走了那節級見衆人俱散自已拿起訊棍便打宋江宋江便接住棍曰節級我得何罪節級罵曰你是我手裡行貨咳下軟便是罪過要結果你不难宋江曰我因不送常例錢便該死你若識梁山泊吳學究却該怎的那人听了慌忙丟了訊棍便問足下是誰宋江笑曰小可山東鄆城縣宋江便是那節級驚曰原來兄長就是及時雨哥乚此開不是說話処不敢下拜同往城內敘懷宋江曰節級少待容宋江鎖了房門宋江到房中取了吳用的書帶了銀兩和那人入江州城來酒店樓上坐下節級問曰兄長何処見吳學究宋江取書遞與節級看了拜曰小弟只听得有個姓宋的發下牢城不想却是仁兄言語冒瀆望乞恕罪宋江曰說起天名正要拜識尊顏這節級便是吳學究所荐的江州兩院押牢節級戴宗有一件驚人的道術但賫書飛報緊急事把兩個甲馬拴在兩腿上作起神行法來一日能行四百里把四個甲馬拴兩腿上一日能行八百里人都叫做神行太保當日正與宋江說罷來情二人大喜便叫酒保安排酒饌來宋江又說一路遇見好漢相会的事戴宗也將吳學究往來的事說了一遍只听得樓下喧鬧戴宗問是誰鬧店主曰是那個鐵牛戴宗笑曰又是這廝无理兄長請坐待我叫他上來戴宗喚那人上樓來生得如何但見

黑熊殺一身麤肉　鐵牛似偏休頑皮　交加八字赤黃眉　双眼赤絲乱繫　怒髮渾如鐵刷　猙獰好似狻猊　天逢惡殺下雲梯　李逵真勇悍　人號鐵牛兒

宋江問戴宗曰這位大哥是誰戴宗曰這個是小牢子姓李名逵沂州沂水縣百丈村人氏綽號黑旋風鄉中人叫他做鐵牛兒因打死了人逃出來遇赦流落在此最是酒性不好多人俱他使兩把板斧又会拳棒李逵亦問戴宗曰哥乚這黑漢是誰戴宗对宋江曰兄長你看這廝村鹵不識体面便付李逵曰我說與你知道這位仁兄便是你要去投他的山東及時雨宋公明李逵曰節級不要哄我拜了你耶笑我宋江曰我正是宋江李逵拍手笑曰我爺你何不早說納頭便拜宋江連坐答禮曰大哥請坐李逵就傍坐下吃酒宋江問曰恰纔大哥為甚發怒李逵我有一錠大銀當在人家問這主人那借十兩去贖那錠大銀出來便还他叵耐主人不肯我要打他節級大哥

李逵打奪張一銀兩

叫我上來宋江听罷便取出十兩銀子與李逵曰大哥將這銀子去贖來李逵接過銀子便曰二位哥〻少待我去贖銀便來下樓去了戴宗曰兄長休借銀與他這厮極貪酒好賭他將銀去賭若是輸了那里討銀还兄宋江笑曰些小銀子何足介意我看這漢子忠直却說李逵得這銀子果肰走去小張一賭房曰再賭一会小張一就典他賭贏李逵銀五兩李逵心不服便曰我有銀十兩再决輸贏又賭一陣李逵又輸一会思想這銀是宋哥〻借與我的反成賭去有何面目回去見他心生惡意行兇奪銀便走小張一赶來都被李逵踢打賭場上数八一齊赶來忽後面二人大喝曰奪財行兇是何道理李逵回頭見是宋江戴宗惶恐滿面宋江笑曰想必賢弟輸與他了快把還他李逵只得取出來还了張小一張小一接曰小人只拿自己原銀去不要李大哥的省得記了冤仇宋江曰他不記怀小張一收了拜謝而去宋江曰我和你們再去吃三盃戴宗曰前面有個琵琶亭酒館是唐白樂天古跡同去亭上喫三盃觀看江景有詩云

白傅高風世莫加
兩岸秋水听琵琶
欲舒老眼求陳迹
孤鶩齊飛送落霞

二人來到琵琶亭上看時宋江三人坐定戴宗叫酒保取過兩樽玉壺春上色好酒餚饌來宋江纔曰看那江山景致非常便分付酒保曰這位大哥面前放下大碗酒保隨即取個碗來放在李逵面前李逵笑曰真個宋哥〻就知我性格便將桌上肉食都不謙讓只顧自吃宋江吃了幾盃忽肰思想要魚辣湯吃便問戴宗曰這里有好鮮魚否戴宗笑曰兄長不看

滿江都是魚船如何沒有鮮魚宋江曰得些辣魚湯醒酒最好戴宗便喚酒保有好些鮮魚時另造些湯來酒保曰活魚還在船內魚牙不曾來因此未買李逵曰我去討兩尾活魚來戴宗曰只央酒保去李逵曰船上打魚的都要奉承我一直去了戴宗曰兄長怪我引這人來全沒些体面宋江曰他生性如此我到爱他二人自在琵琶亭飲酒有詩

亭前烟景出塵寰
江上峰巒擁翠鬟
明月琵琶人不在
黃芦苦竹暮潮還

宋江戴宗救渰李逵

李逵走到江边上漁船排着此時五月天氣到午牙人不來開艙賣魚李逵走到船边喝曰你們船上活魚把兩尾來與我漁人都曰牙人未到紙也不曾燒如何敢賣魚李逵跳上船去將竹笆一拔伸手去艎板下摸時那裡有魚原來大江漁船上稍后開一大孔讓江水出入養着活魚却把竹笆攔住艙孔活水往來李逵不知先把竹笆提起將活魚都走了李逵又跳過別船去拔竹笆那衆漁人都奔上船提着篙來打李逵大怒用手隔開搶篙六條在手折斷漁人大驚把船都撐開去了李逵拿兩截竹篙上岸赶打漁人衆人叫曰牙人來了那牙人見了曰你這厮大胆敢來攪亂若爺道路今番和你見個輸贏李逵回頭只見牙人脫得赤休撐着漁船赶來李逵大怒脫了布衫轉身便赶來牙人把船撐近岸边把竹篙打李逵身上便攔李逵怒起跳在船上張順將竹篙望岸边一点那船江心去了撇了竹篙喝声把李逵揪住倒地下水這兩個好漢都攔在江裡宋江戴宗赶至岸边只見張順把李逵

提將出來又淹下水何止十數次宋江見李逵吃虧呼戴宗快央人去救戴宗問衆人曰這白大漢諸衆人曰是本處賣魚主人張順宋江所得对戴宗曰有他令兄張横家書在營裡戴宗近岸高叫曰張二哥有你令兄張横書在此這黑漢是我兄弟你且放手上岸來說話張順見是戴宗便放了李逵到岸上曰院長休怪戴宗曰足下伐我而上且去救我這兄弟上來方好相見張順再跳下水李逵正在江裡探頭假掙扎赴水張順帶住李逵一手自把兩脚跳着水浪如登平地直托李逵上岸口中只吐白水戴宗曰張二哥李逵你二人各穿衣服同到琵琶亭上來戴宗指李逵問張順曰二哥認得他么張順曰認得李大哥只不曾交手李逵曰你也淹得我勾了張順曰你也打得我勾了二人都笑戴宗指着宋江謂張順曰你認得這位兄長么張順曰小人不認得戴宗曰這便是宋江哥哥張順曰莫非山東及時雨戴宗曰正是了張順納頭便拜曰久聞大名不想今日得会宋江荅禮曰前日來時得遇令兄張横修家書一封寄來典足下放在營中今日在此吃酒偶思鮮魚湯醒酒怎當他來討魚不想典壯士相闘今日得遇三位實非天幸且請同坐飲酒張順曰既然哥哥要鮮魚吃小弟去取幾尾來李逵曰我和你去取張順扣

張順四人酒樓敘情

李逵同到江边來張順哨了一声江面上漁舡都撐到岸边張順捉四尾大魚同李逵來琵琶亭上陪侍宋江宋江謝曰何須許多張順二人飲酒各訴胸中之事只見二女子年方二八身穿紗衣來到跟前叫個万福開喉便唱李逵正要訴胸中之事却被他唱斷話頭李逵大怒把一個指頭去那女娘額上一点那女娘大叫一声驀然倒地衆人近前看時四肢不舉正是杯酒有情冷夜月落花无語怨東風不知性命如何且听下回分解

三十六回　潯陽楼宋江吟反詩　梁山泊宋戴宗假信

偶來乘興上江楼　渺乜茫乜接素秋
吟詩堪寄百里憂　雁書未遂英雄志　呼酒誰消千古恨
騷動梁山諸義士　風斉雲壇滿江州　火脚翻戎蓮幵凶

李逵教酒保向前扶起看他何如了看時額角上抹脫了一片因此女子昏倒在地衆娘曉得是黑旋風无言便呆了那里敢說看那女兒已說得話女母取手帕典他包頭宋江向那婆子問曰你姓甚名誰如今要怎的那婆子曰老身大姓宋原是京師人只有這個女兒名叫玉蓮因為家貧故在各処酒樓賣唱度日今日大哥失手傷了女兒怎敢連累官人宋江見他說得本分又且同姓便曰你二人跟我到營中典你二十両銀子將息女兒後日嫁個良人那夫妻听說便拜謝門深感官人救濟戴宗埋怨李逵張順送了酒錢和戴宗李逵帶宋老來到營裡宋江取銀二十両典宋老宋老拜謝了去取出張横書與張順

宋江到營取書與順

相別去了却說宋江一日入城去州衙前尋問戴院長家人說曰他无老小只在城隍廟歇宋江尋到那里不遇又來尋問李逵曰他只在牢裡安身宋江又尋問張順時人曰他自在城外村裡除非討賭銀方入城宋江听罷又尋出城來到一座酒樓前徑過仰面看牌額上寫道潯陽江正

宋江潯陽醉題詞

雕檐外面牌額上有蘇東坡大書潯陽楼三字宋江看了便曰久聞說江州好座潯陽楼原來在此便上楼去看見壁上兩面粉牌寫曰世間无比酒天下有名楼宋江看罷却見酒保上楼問曰官人還是要待客只是自消遣宋江曰正要待兩位客未見來你且取好酒來好肉食來酒保下楼去少時搬下宋江自飲不覺沉醉猛然思曰我生在山東用身雖然得個虛名目今三旬之上功名不就父母兄弟幾時相見不覺淚下覩物傷懷作西江月詞一首喚酒保拿筆硯寫向粉壁之上以紀歲月當下宋江寫曰

自幼曾攻經史　長成亦有权謀　恰如猛虎臥荒坵　潜伏爪牙忍受
不幸刺紋雙頰　那堪配在江州　他年若得報冤仇　血染潯陽江口

宋江題罷又飲數盃拿起筆來再寫四句詩曰

心在山東身在吳　飄蓬江海謾嗟吁　他時若遂凌雲志　敢笑黃巢不丈夫

宋江題罷詩後面大書鄆城宋江作擲筆在桌上喚酒保算還酒錢拂袖下楼回營且說江州对岸名无為城城中有個閑通判姓黃名文炳這人却是阿諛諂佞之人聞知蔡知府是當权蔡太師兒子每過江來浸潤指望荐他當日黃文炳入到酒楼上見壁上題咏甚多黃文炳看到宋江題西江月并詩大驚見反詩後面却書鄆城宋江作文炳看了喚酒保來問曰你這篇詞是何人題的酒保曰面頰上有兩行金印黃文炳抄了去次日飯後又到府前使人報知蔡知府請入後堂相見文炳送了禮物分賓坐下茶罷文炳問曰近日尊府曾使人來否知府曰前日家尊已有書來說道近日太史院司天臨奏兼天罡星照臨吳楚分野敢有作耗之人隨即体察剿除嘱付下官緊地城更兼街市小兒謠言道

耗国因家木　刀兵点水工　縱横三十六　播乱在山東

文炳與知府辨反詩

黃文炳笑曰恩相事非偶然袖中取出所抄之詩呈與知府曰不想在此処知府看是反詩曰通判那里得來文炳曰小生去潯陽楼上閑玩見壁上新題詩道是鄆城宋江作知府曰這宋江是誰文炳曰他寫說不幸刺紋雙頰只今配在江州眼見得是個配軍知府曰量這配軍作得甚么文炳曰小兒謠言正應在本人身上知府曰何以見得文炳曰耗国因家木耗散国家錢粮的人必是家頭着個木字刀兵点水工興起刀兵之人水边着個工字明是個江字這個人姓宋名江縱横三十六六六之数播乱在山東今鄆城縣正是山東地方這四句謠言已都應了知府曰不知此間有這人么文炳曰取牢城營文冊一查便見知府喚取冊籍檢看見後面果有五月間新配到囚徒一名鄆城縣宋江文炳看了曰正應謠言差人捕獲却再商議知府即喚戴宗來廳下問曰你與我帶了從人快下牢城營裡捉那吟反詩犯人宋江不可遲慢戴宗聽罷大驚隨即点眾牢子分付各歸家取器械自作起神行法先來到牢城營抄事房見宋江宋江便曰前日入城來見兄弟不在獨自无聊潯陽楼上飲酒這兩日昏迷不好戴宗曰哥哥那日寫下甚言語在楼上宋江曰醉後狂言怎記得戴宗曰那縂知府差我帶從人捉拿犯人宋江小弟失驚先去穩住眾人我來報知哥哥小弟如今回去便和公人來捉你哥哥可披髮詐作風魔胡言亂語我

戴宗公人去捉宋江

目今你回避宋江曰感謝賢弟指教我戴宗別了宋江回到城裡喚集衆人直奔牢城喝問那個是新配宋江牌頭引衆人捉宋江只見披頭散髮倒在屎尿坑裡戴宗假意喝曰捉拿這廝宋江邦亂打將來口裡喝曰我是玉皇大帝女婿教我領十万天兵殺你江州人閻羅王為先鋒與我一顆金印重一百斤衆人曰這個失心顛人拿他去何用戴宗曰我們前去回話要緊再將衆人跟了戴宗回衙見知府把宋江失心情由禀明知府正待要問緣由時文炳近前說曰本人所作詩詞寫的筆跡不是有風症的人其中有詐只須拿來知府曰通判說得是便令戴宗速去拿來戴宗没奈何只得再領衆人下牢城对宋江曰事不諧矣只得去一遭把大竹籮打着宋江直到府所欲下衆人把宋江押于堦下宋江不跪睜開眼口裡依前胡言乱語知府看了没做理会文炳曰且喚本營差撥來問這人初來病風便是真症若是近日必是詐風知府便喚差撥來問差撥答曰這人來時未見有風病只是近來忽此症知府听了大怒喚過獄卒把宋江打五十皮開肉綻鮮血迸流戴宗看了叫苦宋江吃打不過只得招曰不合一時酒後錯寫反詩別无主意知府取了供狀將面死枷匕了收禁牢裡戴宗分付小牢子曰可照顧他送飯知府退廳邀文炳到堂後謝曰若非通判高見下官險被他瞞過文炳曰這事不宜遲修書一封差人星夜上京師报與恩相知顯是相公幹了国家大事奏天子發下旨來以除大害知府曰有理即日送書上京待文炳拜謝獄擬知府寫書文炳問曰公相差那一個去知府曰戴宗有神行法一日能行八百里路程來早便差此人去只消旬日文炳曰最好知府賞待文炳次日相辭去了知府打点金銀宝貝次日喚戴宗囑付曰我有礼物家書要送上京太師府只有你能幹去得可與我星夜去走一遭同來重賞戴宗領了家書拜來牢裡对宋江說曰知府差我上京旬日之間便回就

朱貴解醒宋江問由

太師府裡使些見識解救哥匕你且寬心宋江曰煩賢弟救宋江一命戴宗叫過李逵分付曰哥匕只因誤題反詩吃官司苦刑我今差在東京旬月便回牢裡哥匕飯食全靠你看顧李逵門吟反詩打甚么緊万千謀反到做大官你自放心前去牢裡誰敢奈何我說得不好大斧頭便砍他娘戴宗臨行又曰不要貪酒悞了哥匕飯食當日辭別去了李逵不吃酒只在牢裡伏侍宋江戴宗藏了書信挑上信篭出到城外取出四個甲馬兩腿上各拴兩個口裡念起神行法咒听的是耳边風雨之声脚不着地看匕日暮戴宗投店歇了次日巳牌時分望見一酒店戴宗到裡面坐下酒保問曰要多少酒肉戴宗曰只吃素食酒保托出豆腐菜蔬來連篩三碗酒戴宗吃了却待討飯只見頭暈眼乱攧下便倒只見裡面走出一個人來怎生模樣

臂濶腿長腰細　待客一團和氣　梁山作眼英雄　旱地忽律朱貴

朱貴曰且把信篭入去先搜看其中只見便袋裡搜出一封書遞與朱貴看封皮上寫曰平安家书呈父親開看過上面寫道曰　今得应謡言詞反詩山東宋江監收在牢听候朱貴大驚叫家丁把戴宗扛入殺人房開剝只見[illegible]頭滑下膊上挂着綠砂紅綠漆宣牌朱貴看見上面雕着

銀字曰江州兩院押牢節級戴宗朱貴曰且不要動手我常听軍師所說江州有個神行太保戴宗是他至愛的正是此人如何反害宋江必有緣故便叫火家把解藥灌醒那戴宗舒眉展眼扒起見朱貴折開其書便叫你是甚人好大胆却將蒙汗藥麻番了我又把太師書信擅自折開却該甚罪朱貴笑曰莫說折開太師府書信便是大宋皇帝我敢做对頭戴宗所了大驚便問足下是誰願求大名朱貴曰我是梁山泊好漢旱地忽朱貴戴宗曰既是梁山泊頭領却認得吳學究否朱貴曰吳用究是我大寨軍師足下如何知他戴宗曰小可和他至交朱貴曰兄長莫非是江州神行太保戴宗戴宗曰小可便是朱貴問曰前者宋公明斷配江州經過山寨吳軍師曾有一封書與足下如何却到去害宋江性命戴宗曰宋公明今被官司我正要往京計較救他朱貴曰請看蔡知府來書戴宗看罷大驚却把吳學究的書宋江在尋陽樓誤題反詩一事說了一遍朱貴曰請院長到寨與衆頭領商議救宋公明戴宗便同朱貴來到大寨與衆頭領相見了朱貴說戴宗緣故宋江吟反詩事說了一遍晁蓋听罷大驚便要点人馬去打江州救出宋江吳用曰不可江州离此却遠軍馬去時誠恐因惹禍待略施小計定要救出宋公明性命晁蓋曰

戴宗上梁山見吳用

願聞妙計吳用曰如今蔡知府却差戴院長送書去討回報只這書上將計就計寫一封假書只說教把宋江差人解赴東京処決其他解來此間過時差人下山奪了最妙晁蓋曰只是沒人会寫蔡京字樣吳用曰目今天下盛行四家字体蘇東坡黃魯直米元章蔡太師四家字体小生曾和濟州城裡一個秀才相識姓蕭名讓因他会寫四家字体人都喚做聖手書生善使鎗棒他曾会寫蔡京筆跡央及戴院長到他家去只說大安州要作碑文送銀五十兩與他安家便請他來晁蓋曰亦要圖書印信吳用曰还有個相識人也在濟州城裡居住姓金名大堅開得好碑記書刻圖書印記亦会鎗棒人都稱他稱他做玉臂匠也把五十兩去賺他來晁蓋曰妙哉當日便晥長扮做太保模樣帶了銀兩拴上甲馬到濟州來尋問聖手書生蕭讓住処有人指曰他在州衙文廟前居住戴宗徑到門首問曰蕭先生在家麼只見一秀才出來怎生模樣有詩為証

戴宗去請二位同行

青衫烏帽氣稜稜　頂刻龍蛇筆下生
來蔡蘇黃能彷彿　善書聖手有名声

蕭讓見戴宗便問太保有甚事見教戴宗曰小可是泰安州來的今有本処重修五岳楼要立碑文特地賫白銀五十兩作安家之禮請秀生去作文蕭讓曰小生只会作文及書碑字还要刊匠戴宗曰再有五十兩白銀就請玉臂匠金大堅为望二位同行蕭讓收了銀兩便和戴宗去請金大堅正行間蕭讓以手指曰那來的正是金大堅戴宗看金大堅怎生模樣有詩為証

凤篆龍章信手生　雕鎸印記便分明
人称玉管真奇妙　文苑馳声第一名

蕭讓喚金大堅與戴宗相見具說來意將五十兩銀子與金大堅收了戴宗曰揀定日期請二位就行蕭讓曰天氣炎熱來日五更挨出城門兩個約定各自歸家收拾包裹蕭讓留戴宗同歇次

吳用親送戴宗起身

日三人离了濟州城行不過五十里戴宗曰二位慢行我可先去報知來接二位拽開脚步向先去了兩個走到未牌時分行八十里路只見前面一声打哨响山坡下突出四五十個頭領王矮虎喝曰你兩個是誰蕭讓曰我兩個上泰安州刻石牌的王矮虎曰正要兩個聰明人心肝下酒蕭讓金大坚大怒二人各仗胸中本事挺朴刀來與王矮虎鬥三人約戰十合王英回身便走二人却待來赶听得鑼声响処左边走出雲裡金剛宋万右边走出摸着天杜迁背後却是白面郎君鄭天寿各帶從人齐上把蕭讓金大坚捉投坡子裡來四個好漢曰你二人放心我們奉晁天王将令特來請你二位上山入夥蕭讓曰山寨裡要我們何用杜迁曰軍師一來皈你相識二來得知你兩個好武藝特使戴宗來宅上相請當時晁盖吳用并下山都接了設筵欵待所言蔡京修回書一事請二位共聚大義兩個曰我們在此不妨只是我家都有老小明日官司知道怎了吳用曰不必憂心天明將使行分曉當日各散次日嘍囉振曰二位内眷都到了吳用曰諸二位親自去接宝眷蕭讓金大坚只見兩家老小抬上山來二人問其備細老小俱說你們出門之後只見一行人將轎來到說家長在客店裡中了暑氣快教取老小來看因此出城抬到這里蕭讓金大坚只得安頓老小吳用請蕭讓寫蔡京字体回書就令金大坚雕刻圖書當下二人動手完成回書使送戴宗起程戴宗辞了衆頭領下山至朱貴酒店將甲馬拴在腿上作別去了只見吳用大叫一声苦也衆頭領驚問曰軍師何故叫苦吳用曰我這封書断送了戴宗和宋江

性命衆頭領大驚畢竟怎的送了二人性命下回便見

○第三十七回　梁山泊好漢劫法場　白龍廟英雄小聚義

知府請黃通判敘話

當時衆頭領大驚問其缘故吳用曰今日戴院長這回書使個圖書不是玉筯篆文翰林蔡京四字只是這圖書悮事教戴宗吃刑金大堅曰小弟每見蔡京書緘都是這樣圖今次刻的无纖毫差錯如何有破綻吳用曰江州蔡知府是太師兒子如何父修書與兒子却用個諱字圖書這些差了此人到江州被知府盤詰問出实情知是利害晁盖曰快使人去赶回寫過書去吳用曰他作起神行法去早晚已走過五百里了只是事不宜遲我們只得如此方可救他二人晁盖曰怎生去救吳用便向晁盖耳边曰如此如此晁盖曰好計即傳下號令與衆人知休要悮了日期衆好漢得了將令各已拴束下山奔江州來却說戴宗扣着日期回到江州當廳下了文書蔡知府見戴宗回來好生欢喜親自接了回書便問你曾見我太師麼戴宗禀曰小人只住一夜便回不曾見得太師知府折開封皮看見上面說許多物件都收了後說妖人宋江可令檻車囚載差人觧上京師処决書尾說黃文炳早晚除授蔡知府看罷大喜叉取一錠白銀賞了戴宗戴宗謝了自回牢裡看覷宋江密將其事說知宋江甚喜却說蔡知府令造檻車將宋江觧上東京門子來報黃通判相探知府請至後堂相見知府曰恭喜早晚必有荣陞之慶文炳曰大人何以知之知府曰昨日往京的回了妖人宋江教觧上京通判榮任只在早晚家等回書備說此事文炳

知府拷打戴宗招詞

曰小生求借一覌知府取家書與文炳從頭讀了一偏看了封皮又見圖書新鮮摇頭曰這封書不是真的知府曰通判差矣此是家荐親書筆跡如何不是真的文炳曰往常家書曾有這個圖書否知府曰却不曾有這個圖書想是圖書匣在手边就便印在手边字跡却是真的文炳曰方今天下盛行蘇黄米蔡四家字体誰不習得况兼這個圖書是令尊恩相做大學士時使出來更兼父寄書于子不當用諱字圖書相公不信可盤問下書人曾見府裡甚人若說不对便是假書知府曰這事不难此人自來不曾到東京一問便見虛实知府留文炳在屏風後坐隨即升厛喚戴宗問曰你昨日回特我事忙未曾仔细問你匕去京師到太師府裡是誰接礼在那里安歇戴宗曰小人到府裡是個門子接書入去少刻門子出來教投信笼入去着小人自去客店安歇次早去伺候門子回書出來小人怕悮了日期連夜回來知府曰那門子多少年紀有鬚否戴宗曰小人到府前天色黑了不十分看得仔细只是大年紀有些髭鬚知府听了大怒喝令獄卒拿下戴宗告曰小人无罪知府曰你這厮該死我府裡老門子已死了数年如今只是個小王看門如何却說他年紀有些髭鬚况門子不能勾入府堂裡去但有各処來的書信必由府裡張幹辦方纔見李都管然後達知裡面纔收礼物便回也要伺候兩日我是他兒子有許多礼物去知何没個心腹的人出來問你備細你好匕招說這封書那里來的戴宗曰小人一時要赶登程不曾看得分曉知府曰不打不招喝令獄卒把戴宗綑了打得皮開肉綻鮮血迸流戴宗捱下過

孔目見知府說情由

拷打只得招曰小人路经梁山泊過被一夥強人來把小人劫去搜出書信看了把信笼奪去小人哀求告訴說回鄉不得他那里却修這封假書與小人脫身知府曰你和梁山泊賊人同謀合取大枷上在牢裡遂退堂來致謝文炳曰若非通判高見下官險些悮了大事文炳曰這人結連梁山泊為党若不早除必為後患知府曰通判高見當日管待文炳出府去了次日知府陞堂喚當案孔目分付曰快把這宋江戴宗供狀招擬粘連寫下犯由牌文來日押赴市曹斬首施行當案却是黄孔目原與戴宗最好无由救他當時禀曰明日是国家忌日後日又是七月十五中元令節大後日亦是國家景命五日後方可施行知府准孔目之言在待第六日早晨差人去十字路打掃法場点起五百士兵提刀杖及劊子伺候巳牌時分知府親來監斬就把宋江戴宗兩個各與一碗長休飯永別酒吃了獄卒把二人推出牢門宋江戴宗相抱而哭劊子押宋江戴宗到法場四方鎗刀圍住只等午時開刀祭知府勒住馬等候报來只見東边一夥弄蛇叫化強要挨入法場裡看衆士兵赶打不退西边又一夥使鎗棒賣藥的也强挨近前來士兵喝曰你這些人好不曉事這是那里強挨入來看那夥人曰我們冲州撞府那里不曾经過便是京師天子殺人也放人看南边又一夥挑担的脚夫也挨入來看士兵喝曰你挑去那里挑夫曰我們挑東西入衙去的士兵喝曰便是衙裡人别路去那夥人就歇下担子立住脚看只見北边一夥客人推車過來士兵喝曰這里出入你們從别路過去客人笑曰我們是京師來的不認得路只

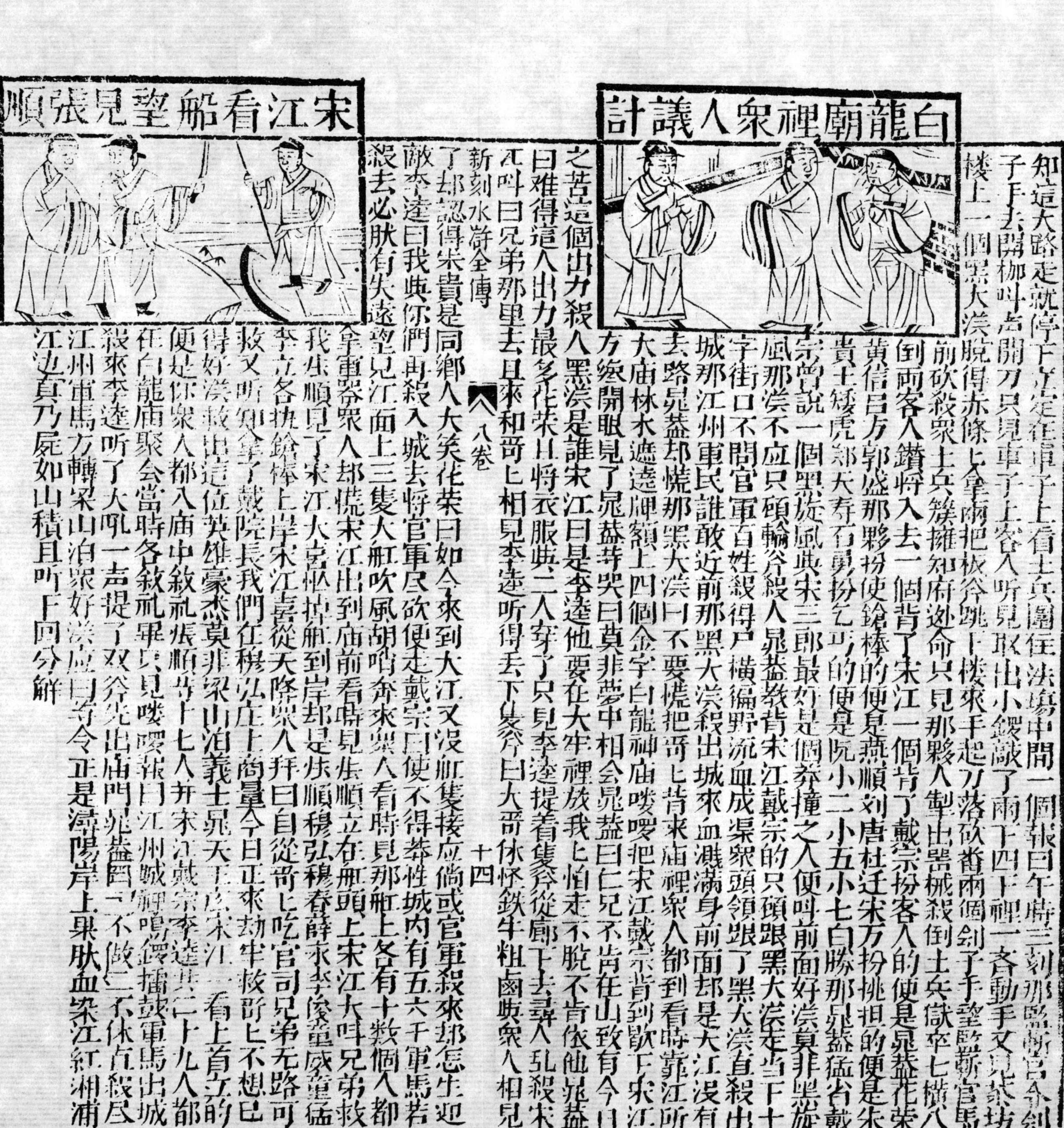

白龍廟裡衆人議計

宋江看船望見張順

知這大路走就停下定在車子上看士兵圍住法塲中間一個報曰午時三刻那監斬官令劊子手去開枷叫出開刀只見車子上客人听見取出小鑼敲了兩下四下裡一齊動手又見茶坊樓上一個黑大漢脫得赤條〻拿兩把板斧跳下樓來手起刀落砍翻兩個劊子手望監斬官馬前砍殺衆士兵簇擁知府逃命只見那夥人掣出器械殺倒士兵獄卒七横八倒兩客人鑽將入去一個背了宋江一個背了戴宗扮客人的便是晁盖花荣黄信吕方郭盛那夥扮使鎗棒的便是燕順刘唐杜迁宋万扮挑担的便是朱貴王矮虎鄭天寿石勇扮乞丐的便是阮小二小五小七白勝那晁盖猛省戴宗曾說一個黑旋風與宋三郎最好是個莽撞之人便叫前面好漢莫非黑旋風那漢不应只顧輪斧殺人晁盖教背宋江戴宗的只顧跟黑大漢走当下十字街口不問官軍百姓殺得尸横徧野流血成渠衆頭領跟了黑大漢直殺出城那江州軍民誰敢近前那黑大漢殺出城來血濺滿身前面却是大江沒有去路晁盖却慌那黑大漢曰不要慌把哥〻背来廟裡衆人都到看時靠江所大廟林木遮遶牌額上四個金字白龍神廟嘍囉把宋江戴宗背到歇下宋江方纔開眼見了晁盖哭曰莫非夢中相会晁盖曰仁兄不肯在山致有今日之苦這個出力殺人黑漢是誰宋江曰是李逵他要在大牢裡放我〻怕走不脫不肯依他晁盖曰难得這人出力最多花荣且將衣服與二人穿了只見李逵提着雙斧從廊下去尋人乱殺宋江叫曰兄弟那里去且來和哥〻相見李逵听得丢下雙斧曰大哥休怪鉄牛粗鹵與衆人相見

了却認得朱貴是同鄉人大笑花荣曰如今來到大江又沒舡隻接应倘或官軍殺來却怎生迎敵李逵曰我與你們再殺入城去將官軍尽砍便走戴宗曰使不得恭性城内有五六千軍馬若殺去必然有失遠望見江面上三隻大舡吹風胡哨奔來衆人看時見那舡上各有十数個人都拿軍器衆人却慌宋江出到廟前看時見張順立在舡頭上宋江大叫兄弟救我張順見了宋江大喜忙掉舡到岸却是張順穆弘穆春薛永李俊童威童猛李立各执鎗棒上岸宋江喜從天降衆人拜曰自從哥〻吃官司兄弟无路可救又听知拿了戴院長我們在穆弘庄上商量今日正來劫牢救哥〻不想已得好漢救出這位英雄豪杰莫非梁山泊義士晁天王么宋江一〻看上首立的便是你衆人都入廟中叙礼張順共十七人并宋江戴宗李逵共二十九人都在白龍廟聚会當時各叙礼畢只見嘍囉報曰江州城裡鳴鑼擂鼓軍馬出城殺來李逵听了大吼一声提了双斧先出廟門晁盖曰一不做二不休直殺尽江州軍馬方轉梁山泊衆好漢应曰哥令正是潯陽岸上果然血染江紅湘浦江边真乃屍如山積且听下回分解

新刻全像忠義水滸傳八卷終

新刻全像忠義水滸傳九卷

宋江率衆集穆家庄

○第三十八回 宋江智取無為軍 張順活捉黃文炳

大江東去 浪淘盡千古風流人物 人物故壘 人道是三國周瑜赤壁 乱石崩崖 驚濤拍岸 捲起千堆雪 江山如画 昔時多少豪傑 遥想公瑾當年 小喬初嫁後 雄姿英發 羽扇綸巾談笑間檣櫓灰飛烟滅 故国神遊 多情應笑我早生華髮 人生如夢 一杯還酹江月

話說梁山泊好漢在白龍廟小聚義防得江州兵馬赶來即令劫虜先與宋江戴宗上船并侯李俊張順同三阮守護船隻只見城裡來的官軍約有五六千軍馬都把住了只怕李逵有失便拈弓搭箭發着為頭的一箭射落馬下那馬軍大驚各自走到把些兵中倒這衆好漢一齊中殺官軍屍横徧野血染江紅殺到江州城下城上滚木砲石打將下來衆好漢拖轉黑旋風回到白龍廟前上船晁蓋整各衆人搜起風帆都投穆太公庄上來太公出迎宋江并衆人都相見了穆弘排下筵席管待衆頭領宋江曰若非衆位相救我與院長皆死于非命矣今日之恩深如滄海只恨黃文炳這厮不曾報得晁蓋曰要捉文炳容易爭奈没人識得路徑薛永曰小弟任無為軍我去打听一遭宋江曰若得賢弟去最好薛永去了宋江與衆頭領商議整頓軍器船隻伺候只見薛永引一人同到庄上來拜見宋江那人怎生模樣有詩為証

智高胆大性如綿　黑瘦身材兩眼鮮
江湖第一裁縫手　侯健人称通臂猿

問侯健無為軍消息

宋江便問这位壯士是誰薛永曰這人姓侯名健祖居洪都人氏江湖人称他第一手裁縫慣使鎗棒曾拜小弟為師人見他瘦欸與他做通臂猿在黄文炳家做衣服因見小弟特邀至此拜見兄長宋江大喜便問江州消息薛永曰如今蔡知府差人星夜申奏朝廷城中曉夜隄防小弟又去无為軍打听遇見侯健尽知備細宋江問侯兄何以知之侯健曰小人在黄通判家做衣服遇見師父提起二兄大名說此一事小人特來報知文兄有個親兄文燁平生好善济貧救苦人都叫他做黄佛子用文炳叫黄鉞勅兒勝子已者如之不如已者害之兄弟兩处作共一條巷用人小人在他家听得文炳同來說這件事知府已被瞞過了却是我点掇他文燁听得罵曰這事與你无干何故苦苦害他倘或有天理之時却不反招其禍這兩日听得劫了法塲好生吃驚昨夜去江州探望蔡知府與他計較尚未回來宋江曰文炳與他哥哥家隔多少路侯健曰只隔中間一個菜園宋江曰天教我報仇特遣個人來他你既然個德不可害的我往計較穆太公討八九十個布袋却要百十束芦柴州着五隻大船兩隻小船張順李俊駕着隻小船如此行事五隻大船用着張横三阮童成誰送侯健引着薛永白勝先去无為軍城中藏了來日三更為期只听放起帶鈴鵓鴿為號叫白勝上城樓來地插一條白絹號帶近文炳家便是上城去處

教石勇杜迁扮作乞丐去城門边埋伏只看火起為號便下手李俊張順只在江上往來巡綽接應宋江分撥已定各自去了衆頭領准備器械分派下船只留朱貴先使童猛掉一隻快船前去探路其餘依次望无為軍來條大江潯陽楊子江從四川往到大海一派共計九千三百里併万里長江中間通多少去处有名雲夢彭蠡洞庭湖有詩為証

万里長江水似傾　東連大海若雷鳴　滔滔雪浪令人怕
滚滚洪波誰不驚　千古戰爭思晉宋　三分割據想英灵
乾坤草昧生豪杰　攪動貔貅百万兵

宋江定計捉黃文炳

是夜初更大小船隻都到江岸只見童猛回來報道城裡並无動靜宋江令衆人把沙土布袋并蘆葦乾柴就城边堆垛了放起帶鈴鵓鴿只見城上竿起白號帶來宋江引衆上城只見白勝與衆准道那條巷便是黃文炳住处宋江郎引衆好漢下城運徑黃文炳門前却見侯健從在門首下宋江分付道你去將葉同門開了如此而行軍漢把蘆柴堆在裡面侯健將火点着出來却去叩門叫道隔壁大火挨開門去救火裡面人看時果見火起遂慌開門出來一盡宋江等殺將入去把文炳一門大小五十口尽皆殺了只不見文炳衆好漢將他金銀收拾尽打做一夯上城去放火將文炳房屋燒了薛永白勝殺倒把門軍士李逵砍斷鉄鎖大開城門張横三阮衆兄弟來扛抬財物上船无為軍中那個敢出來追趕都投穆弘庄上來江州城裡望見无為軍火起慌投本府文炳正在府裡議事听得报說慌忙告了知府下船望无為軍來

李俊張順捉獲文炳

見火勢猛烈照得江面通紅看看搖到江心裡只見一隻小船從江面搖過去了不多時又見一隻小船望着江船搖將來從人喝問甚麽船敢如此直撞來李俊曰去江州城報失火的船文炳便出問曰那里失火李俊曰黃通判家被梁山泊好漢殺了一家人口劫去家私放火燒屋文炳叫声苦李俊听了撓勾搭住跳過船來把麻索綁了那官船梢公只顧下拜李俊道我不殺你們只回去報與蔡知府道俺們梁山泊好漢权寄下他那顆驢頭早晚便要來取首級拿了文炳過小船兩個好漢掉船逕奔穆太公庄上來把文炳綁在柳樹上宋江罵曰我與你无仇如何告唆知府殺我兩個你兄文燁修善人称他做黃佛子我不敢分毫侵犯他你這厮只在鄉中害人上都叫做黃蜂刺我今日且除了你文炳告曰小人自知過失只求早死宋江聞道那厮兄弟下手李逵便拿尖刀指着文炳笑道你這厮今日要快死老爺却要你慢死便把尖刀先從腿上割叫把分炭火來當面炙熟下酒割一塊炙一塊不它時炙了李逵又將文炳開胸膛提出心肝與衆好漢做醒酒當堂上典宋江賀喜有詩為証　文炳趨炎巧計乖

郡將忠義苦摧扨　奸謀未遂身先死　难免剜心炙肉災

只見宋江跪在地下衆頭領慌忙都跪下齊曰哥哥有甚事但說不妨宋江曰小弟自從刺配江州經過之時多感晁頭領并衆豪杰苦苦相留多感衆豪杰力救残生又蒙報了冤仇恩同天地今日闘了兩座州城必然申奏去了不由宋江不上梁山未知衆位意下如何若是同去者即今

宋江與衆上梁山泊

收拾便行如不願去一听其命只恐事発反遭負累言未畢李逵跳将起來叫道都去但有不去的吃我一谷砍做兩截宋江笑曰要人心意肯方可衆人曰如今殺了官軍奏申朝廷必脈起官來捕捉若不随哥々去却投那里去宋江大喜當日先叫朱貴宋万回寨報知次後分作五起進行第一起晁蓋宋江花栄戴宗李逵第二起刘唐杜遷石勇薛永侯健第三起李俊李立吕方郭盛童猛童威第四起黄信步順三阮第五起燕順王矮虎穆弘穆春鄭天寿白勝穆弘带了穆太公并家小將家財并文炳金銀來載上車放起火燒了庄院投梁山泊來且説第一起帶着車仗在路行了三日來到地名黄门山宋江與晁蓋曰這座山莫不有大顆在內可着人催儹後面人馬快來一同過去說犹未了山嘴上鑼鳴鼓响閃出三五百嘍囉擁着四個好漢勒馬向前挡曰來者莫非宋公明么宋江向前答曰小可便是四個好漢听了下馬拜曰俺們兄弟等候多時不期今日得見之面請到小寨略備杯酒权當接風衆好漢同到敝寨元時宋江大喜扶起四位逐一請問大名為首的姓歐名鵬乃黄州人氏守把大江軍戶因惡了本官逃在江湖上綠林中熬出這個名字唤做摩雲金翅有詩為証

黄州生下英雄士　力壯身強武藝精　行步如飛才出衆　摩雲金翅是歐鵬

第二個姓蒋名敬乃湖廣南潭州人氏原是下第举子出身棄文就武精通書史亦能鎗棒入都叫他做神筭子有詩為証

高額尖峰智慧精　光明何処可屯兵　湖南秀氣生豪杰　神筭人称蒋敬名

第三個姓馬名麟乃南京建康人原是小番子閑漢出身能吹双鉄笛使得好大滚刀人都叫他做鉄笛仙有詩為証

鉄笛一声山石裂　銅刀兩口鬼神驚　馬麟容貌真奇怪　人道神仙再降生

第四個姓陶名宗旺祖是光州人氏庄家出身慣使一把鉄鍬能使鎗輪刀因此人都喚做九尾亀有詩為証

五短身材白面皮　鉄鍬敢掘泰山基　光州庄户陶宗旺　古怪人称九尾亀

四位好漢偶遇宋江

這四個好漢接住宋江晁蓋花栄戴宗李逵相見先把数盃後而頭領陸續都到相見邀請衆位上山寨都到聚義厅上相会筵席宋江與蒋敬等曰今次宋江同晁天王哥々上梁山泊去未知四位好漢肯同往否四人答曰若蒙不棄情愿執鞭相随宋江晁蓋大喜便收拾起行下山進発依列而行四個好漢收拾金銀等項燒燬寨柵随即作起先發人到朱貴酒店裡吳用公孫勝林冲等引衆頭領下山迎接到聚義厅上焚起一炉好香晁蓋便請宋江為寨主宋江曰感蒙衆位救援性命前日原是寨主如何讓不才若要坚执相讓宋江即就辞下山晁蓋曰當初若非賢弟救我七人上山焉有今日相聚你正是山寨恩人宋江再三推辞晁蓋坐第一位宋江坐第二位吳用坐第三位公孫勝坐第四位宋江曰梁山泊一行旧頭領去左边坐新到頭領右边位上坐待日後出力多寡那時定奪衆人曰哥々言之極當晁蓋是四上

宋江晁蓋等到山寨

位頭領是日慶賀筵席宋江說起江州造謡言的事李逵曰我們許多軍馬便可作反晁哥哥便做大皇帝宋哥哥做小皇帝吳先生做丞相我們都做將軍殺去東京奪了帝位不更好戴宗喝曰鉄牛你今日綫到這里要听兩位哥哥號令再如此多言先割你頭為令以儆後人李逵曰我只吃酒便了衆好漢都笑晁蓋先令安頓穆太公一家老小將文炳家財賞勞出力嘍囉便教拜了新到頭領後取出信籠交还戴宗收用戴宗收同庫內公用進山中寨作賀筵席上宋江對衆頭領曰宋江有件大事要禀衆兄弟欲下山走一遭乞假数日未知衆肯否晁蓋問曰賢弟今欲何往幹甚麽事宋江說出這個大处正是鎗刀林裡再逃一徧残生山嶺傍边傳授千年勲業且听下回分解

○第三十九回　還道村受三卷書　宋江遇九天玄女

為人當以孝為先　定省應須效聖賢　一念不差方合義

寸心无愧可通天　路道不遊非仡倖　神授天書豈偶然

遇宿逢高先降讖　宋江原是大羅仙

却說宋江在筵上對衆好漢曰自蒙救護到此不知老父在家何如我今做乞這般大罪恐老父性命难保同去搬取老父上山以絕挂念不知衆兄弟肯否晁蓋曰這是大事如何不依只是衆兄弟連日辛苦再停两日点起山寨人馬去接宋江曰只恐江州追捉家属事不宜遲不須点人馬只自己潛回取老父連夜上山若帶伴去時必耽驚嚇鄉里反為不便當

宋江回家兄弟宋清

日宋江戴上毡笠提條短棒便辭下山衆頭領送過金沙灘自同宋江取路投鄆城縣來行了一日奔到宋家庄敲後門只見宋清出來開門見了哥哥驚問曰哥哥你在江州幹的事這里都知了本縣差兩個都頭毎日來勾我們不得轉動只等江州文書到來便捉我父子監禁听候拿你正犯你快去梁山泊請衆頭領來救父親宋江听了轉身便走是夜月色朦朧宋江只取小路走了一個更次忽听背後發喊叫道休走宋江正走之間看那去处却是还道村原來四圍都是高山峻嶺中間只一條路人來宋江欲待回身背後赶來的人把住路口宋江奔入村裡看見一所古廟宋江推開廟門進去只听外面有人叫曰走在這廟裡宋江听是趙能声音急没躲処見那殿上一個神厨宋江揭起帳幔鑽入神厨裡伏在厨內外面赶的人拿着火把搜將入來宋江門縫看時趙能趙得引着四五十人拿着火把各処照着照上殿來宋江曰我今番走了死路望神明遮護衆人不知照看神厨宋江曰却是天幸只見趙得將火把來神厨裡照火焰沖起一片黑塵落在趙得眼裡迷了眼便將火把丟在地下用腳踏滅了走出門外對衆人說這廟裡没有廟門上兩個塵手跡必在裡面去了趙能曰我自照一遍拿起帳幔來看只見神厨裡捲出一陣惡風將火把吹滅趙能曰想是神明怪我只在村口守到天明再來搜尋宋江在神厨裡聽去遠覓後面有人出來只見兩個青衣童子道小童奉娘娘法旨來請星主赴宮敘話便行宋江曰我自姓宋名江不是甚麽星主青衣曰星主到彼便知宋江隨着青衣轉過後殿側首一座墻

宋江夢中拜叅神祇

府門青衣曰星主從此進來宋江跟入進來看時星月滿天和風拂拂四下都是茂林修竹宋江行不過一里前面一座青石橋兩邊都是硃紅欄杆中間一座硃紅流星大門宋江看時尋思曰我生居鄆城縣不曾聽得有這箇去処心中驚恐不敢動脚青衣引入門內有個龍墀引至大殿上見堂扇齊開殿上端坐一位娘娘頭戴龍冠身穿絳衣手執玉圭宋江伏在地下曰臣乃下濁庶民不識聖上伏望天慈俯賜矜憐御簾內青衣傳言教請星主坐宋江那里敢抬頭四個青衣扶宋江於墩坐下殿上喝声曰捲簾四個青衣將簾捲起娘娘道星主別來无恙宋江起身再拜曰臣乃庶民不敢仰視聖容娘娘曰星主到此不必多禮宋江纔敢抬頭見殿上金碧輝煌兩傍青衣童子擎扇侍從正中七宝九龍床上坐着娘娘手執白玉圭璋命青衣獻酒兩個青衣女童手執金瓶斟仙玉識青衣遞酒與宋江宋江接過酒盞飲一盃宋江覺道那酒馨香馥郁如甘露灑心又一個青衣捧過一盤仙棗奉與宋江宋江恐失体面只取三個就而食之懷核在袖青衣遞劝宋江飲了三杯仙酒三枚仙棗覺得春色微醺又恐酒醉失禮再拜曰臣不勝酒量乞娘娘免賜娘娘曰既是星主不能飲酒可取三卷天書賜與星主青衣玉盤托出黃羅袱包三卷天書遞與宋江宋江拜受看時長五寸闊三寸不敢開看再拜而受娘娘曰吾傳汝三卷天書汝可替天行道全忠仗義為臣輔国安民他日功成正果為上卿吾有四句天机汝當記取勿泄于人宋江再拜問曰願聞法旨臣不敢輕泄于世人娘娘曰

遇宿重重喜　逢凶不是凶

北幽南至陸　兩処建可功

宋江所聞娘娘又曰玉帝因星主魔心断暫貶下方不久同登紫府此三卷天書功成之後便可焚之勿留于世汝當速退便令青衣急送星主回去宋江拜謝跟隨青衣女童下殿行至石橋边青衣曰恰纔星主受驚不是娘娘護佑已被擒矣天明自然脫離此難星主看石橋下二龍相戲宋江看時果見二龍相戲二青衣望下一推宋江大叫一声却撞在神廚內覺來乃是南柯一夢宋江起來三更時分袖子裡奉持棗核三箇帕包三卷天書又覺口裡酒氣宋江曰這夢奇異此間神聖灵顯不知是何神明揭起帳幔看時是個娘娘正和夢中的一般宋江曰這娘娘呼我做星主相前生非等閑人也這三卷天書必然有用分付我的四句天机謹記在心青衣女童言天明時脫离此厄不免出去便傍了鉄床走下殿來面看那牌額上刻着玄女之廟宋江拜謝了詩曰

還道村中夜避災　荒涼古廟且藏埋

只因一念通霊处　方得天書降下來

宋江悄悄出來听得前面喊声起曰又不濟事急走動後人叢裡只見士兵做一堆宋江叫道神聖救命却回後看時趙能趙得八來又叫我們都是死却見李逵走將入來拿着兩柄板斧喝曰好賊休走趙能正走問被廟前樹根絆倒李逵趕上斧砍作兩段將士兵赶殺四散走了宋江看見背後又趕上三個好漢劉唐石勇李立說道這殺散了只尋不見哥哥怎生是好行步门松樹後门一個人宋江方敢出來叫道感謝眾弟兄又

宋江夢受天書三卷

宋江遇梁山泊救兵

來救我三個好漢見了宋江大喜曰快去報與眾頭領得知石勇李立分投去了宋江問曰你們如何知來這裏救我劉唐曰哥哥上山時晁頭領放心不下便教戴院長來探听哥哥下落晁頭頭只恐哥哥有失半路遇見戴宗說兩個賊驅追趕哥哥晁頭領听說大怒分付吳師公孫勝阮氏三雄守寨其餘弟兄都要來此尋哥哥趕入還道村口把這廝們殺了只有這幾個奔入村裏李逵和我們趕入來得遇哥哥只見石勇引晁蓋花榮秦明眾好漢來相見了宋江作謝晁蓋曰賢弟不听愚兄之言險些兒又惧事發令弟家眷我先教戴宗杜遷宋万送上寨去了宋江听得大喜遂與晁頭領上馬回梁山泊聚義所上相見請宋太公宋清出來宋江見了大喜再拜曰宋江不孝之子自累父親今日團圓皆賴眾弟兄之力也令宋清拜謝了眾頭領晁蓋引眾頭領參拜宋太公已畢設席作賀忽然感動公孫勝念頭思憶老母在薊州遂起身對眾位頭領曰感蒙眾位相待貧道許多時恩同骨肉奈小道到梁山泊來未知老母如何恐本師真人懸望今欲回去省親一遭返三五個月再來相見以滿小道之心晁蓋曰既如此說難以阻當來日錢別公孫勝謝了當日筵散次早晁蓋等排筵關下與公孫勝餞行公孫勝扮作雲遊道人晁蓋托出金銀一盤相送公孫勝收了一半打箇稽首相別望薊州去了眾頭領却待上山只見黑旋風李逵放聲大哭宋江問曰兄弟因甚大哭李逵哭曰這個也去取爹那個也去取娘偏鐵牛是土坑鑽出的我老娘在家我哥哥又在別人家做長工如何養得我娘我去取來這裏快

公孫勝往薊州看母

活幾時也好宋江曰你在江州殺了許多人那個不認得你況又形貌兇惡倘有疏失路途又遠如何得知打听平靜了去取不遲李逵曰哥哥你是個不平心的人你的爹弟便要取上山來快樂我的娘由他在村裏受苦氣殺鐵牛也宋江曰兄弟你既要去取娘依我三件事便放你去李逵曰你說來我听宋江說出那三件事有教高山頂上殺猛獸沂水縣中損生靈且听下回分解

○第四十回　假李逵剪徑劫單人　黑旋風沂嶺殺四虎

家住沂州翠嶺頭　殺人放火恣行兇　因貪虎肉[illegible]
好吃人心兩眼紅　閑向溪邊磨板斧　閑來窮[illegible]
有人問我名和姓　撼地搖天黑旋風

宋江曰第一件路上不可吃酒第二件悄悄地取了娘便來第三件你使的双斧休要帶去路上小心李逵曰這三件有甚依不得哥哥今日便行李逵拿條朴刀帶一錠大銀辭別眾人去了宋江放心不下對眾人曰李逵此去必然有失不知眾兄弟誰是他鄉中人可合他去探听消息杜遷曰只有朱貴是沂水縣人與他是鄉中宋江教請朱貴到來宋江曰李逵回去搬取老母誠恐上有失今知賢弟與他同鄉願你去那里探听一遭朱貴曰小親兄叫做朱富在本縣西門外開店小弟便回家看望一遭遂辭眾頭領下山還奔沂州去了說李逵來到沂水縣西門外見多人看榜李逵鑽入在人叢中听得讀榜第一名正賊宋江係鄆城縣第二名從賊戴宗係江州兩院押

朱貴探聽李逵消息

獄第三名從賊李逵係沂州沂水縣人李逵背後听了只見朱貴挽住叫曰李大哥跟我來說話二人來到西門外酒店後房坐下朱貴曰你好大胆那榜上明寫賞一萬貫錢捉你还敢立在那里看榜宋公明哥々怕你到這里弄出事來却使我赶來打听你消息李逵曰你如何認得這個酒店朱貴曰是我家兄朱富家裡我因做客消折本錢就于梁山泊落草今次方回便教朱富來與李逵相見了朱富置酒款待李逵曰哥々分付教我不要吃酒今日已到鄉里便吃兩杯无妨當夜吃到四更李逵趁残月便投村裡去朱貴曰快取母親來和你同上寨李逵提朴刀出門投百丈村來約行數十里天色漸明時的新秋樹林边轉出一個大漢喝曰來人留下買路錢李逵看那人時手拿兩板斧把黑搽在臉上李逵大喝一声你這廝是誰在此剪徑那漢曰老爺叫做黑旋風李逵李逵笑曰你這廝也將老爺的名字在這里胡行便挺朴刀直奔那漢那漢却待要走被李逵赶上一朴刀搠番在地一脚踏住胸膛喝曰我正是江湖上好漢黑旋風李逵你這廝敢辱我的名字那漢曰好漢饒命小人姓李爺々名目胡乱在此剪徑但有孤客經過听說黑旋風名字便撇行李走了得些利息不敢害人小人叫做鬼李逵李逵曰可怜這廝來我名目奪過一把斧來便要砍下去李鬼慌叫曰爺々容恕小人家中有九十歲老母爺々若殺了小人老母必是餓死李逵听了尋思曰我特來取娘却到殺了一個养娘的人便曰且饒你命從今而休坏我名目李鬼曰小人便回家改業李逵曰你却有孝順之心我與你十兩銀子做本錢取出

假李逵剪徑劫單人

一錠銀子與之李鬼拜謝去了李逵提了朴刀投山僻小路走到巳牌見山凹裡兩間草屋李逵走到那人家裡一個婦人出來鬓边插着野花搽一臉脂粉李逵放下朴刀曰嫂々我是過往客人肚中飢餓尋不着酒店我與你一貫錢央你買些酒飯吃那婦人見李逵這般模樣答曰酒却沒处買飯便與你吃李逵曰也罷那婦人向厨中做飯李逵轉屋後淨手見個漢子一脚從山後回來婦人問曰大哥在那里來為何閃了腿那漢應曰大嫂你道我受鳥氣麼今日出去却遇真黑旋風的那鳥倒吃他一朴刀搠番在地定要殺我吃我假意告道家中有九十歲老娘无人养贍那廝真個信我饒了性命與我一錠銀做本錢教我改業养田我恐怕他知道趕來故從山後走回那婦人曰休要高声恰纔一個黑大漢來家教我做飯莫不是他你去看是他時放些麻藥在菜中麻番謀他些金銀李逵听得時尋道這廝我却饒他性命又與十兩銀子他反要害我走到後門边正遇李鬼便揪住拔出腰刀砍下頭來却奔前門尋那婦人不知走那里去了李逵入厨中揭开鍋飯又去李鬼身上挖出那錠銀子却去鍋裡看時飯已熟了李逵却去李鬼腿上割下兩塊肉來灰火上一边燒一边吃々得飽了放起火來提了朴刀投山路去了那草房都被燒毀沒有詩為証

劫掠資財害善良　誰知天道降災殃
家缘燒尽身遭戮　到此番為泣下場

李逵赶到董店時日已平西奔到家中听得娘在床上問曰是誰李逵入内看時娘双眼都瞎

黑旋風奮怒殺李鬼

坐在床上念佛李逵曰鐵牛回家來看娘々々曰我兒你去了多時我因思量你哭得淚乾瞎了双
眼李逵尋思曰我若說在梁山泊落草娘定不去我只哄他便了便曰鐵牛如今做了官特來取
娘赴任娘曰你怎生和我去逵曰我背娘到前路去討車兒載你娘曰你等大哥來商議逵曰等
他做甚麽正待要行只見哥々李達提一礶飯入來李逵見了便拜曰哥々多
年間別李達罵曰你今日回家又來負累人娘便曰鐵牛如今做了官特來取
我李逵曰他當初打死人教我受苦他前日和梁山泊賊人劫了法塲如今在
梁山泊做强盜前江州行移公文到來着落原籍追捕正犯却要捉我到官只
得央財主替我去縣分說方免見今山榜賞三千貫錢捉他七郎來家共說做
了官達曰哥々不要焦燥一発和你同上山去快活李逵大怒放下飯礶去了
李逵曰他這一去必狀報人來捉我了便取一錠大銀放在床上背起娘提了
朴刀出門望小路便走却說李達走去財主家報知領庄客赶到家裏時不
見了娘只見床上留下一錠大銀李達特道鐵牛留下銀了背娘去必是梁山
泊有人和他同來我若赶去到被他害了性命却对庄客曰鐵牛背娘去不知
那條路去了便同衆庄客回歸去了却說李逵背娘走到沂嶺下天色晚了娘
上嶺去娘叫曰我口渴討些水來我吃逵曰老娘且待過嶺去人家做些飯吃娘曰我口乾當不
李逵曰我也口乾便把娘放在青石上坐分付娘曰耐心坐一坐我去尋水來你吃李逵听得水
响過了三個山脚纔到澗边吃幾口水尋思曰怎得這水去與娘吃起身看山頂上有個庙字扒上看

李逵到家見母遇兒

時乃是泗州大圣祠與前有個石香炉拿下溪來裝水走上嶺時不見了娘李逵大哭四下里尋
不見只見地下血跡心中大疑跟着血跡尋到一個洞中見兩個小虎子砥着一條人腿李逵怒
曰我為老母心苦背到這里送來你吃心頭火起挺刀把兩個小虎搠死伏在洞裡向外看時見
個母大虫望洞裡來李逵曰正是這孽畜吃了我的娘掇出腰刀在手那母大
虫到洞口先把尾去洞裡一剪後半截身入去李逵在洞裡把刀向大虫尾底
下尽力截中母大虫糞門和那把刀靶都插入肚裡那大虫吼了一声負疼跳
過澗边死了李逵却拿朴刀赶出只見樹後大吼一声又跳出一隻虎來望李
逵一撲李逵便趁着人段势刀挺刀一搠正中大虫頸下听得响声將時死在岩
下李逵殺了四虎自休困乏走向泗州庙裡睡到天明次日收拾娘親殘骨布
衫包了埋在庙後李逵大哭一場有詩為証

沂嶺西風九月秋　雌雄猛虎聚林丘　一因母老身軀喪
致使英雄血淚流　手执鋼刀尋虎穴　心如烈火報兔仇
立誅四虎神威力　千古傳名李鐵牛

李逵用飢提了朴刀走過嶺來只見七個獵户在那里收窩弓弩箭見了李逵
渾身血污驚問曰這客人如何独自過嶺來李逵曰我昨夜和娘過嶺因我娘要水吃我去取
水被大虫把娘吃了被我先殺兩個小虎後殺兩個大虎衆獵户不信你一個人如何殺得四虎
李逵曰你既不信上嶺去尋衆獵户打起胡哨聚集三五十人都拿鎗赶李逵上山看見洞口果

李逵沂嶺殺四虎

肰殺死两個小虎一隻母大虫死在洞边一隻雄虎死在岩下衆獵户把索鄉起扛抬下嶺邀李逵同去請賞扛到曹太公庄上此人原是閒吏在鄉極刁當時曹太公親自接請李逵到厅坐定動問殺虎緣由李逵遂一一告太公問曰壯士高姓李逵答曰我姓張名大胆太公曰真是大胆壯士殺死四個大虫今安排酒食管待前後村民都來看虎入曹太公相待打虎壯士却有李鬼老婆隨着衆人來看虎認得李逵回家來对爹娘曰這個殺虎黑漢正是殺我丈夫燒我房屋的他是梁山泊黑旋風李逵爹娘听了連忙报此里正知道他是黑旋風如今官司出三千貫錢拿他使人請得曹太公來商議太公曰伊們要知真實里正曰見有李鬼老婆認得他太公曰問他还是要大縣裡請功却是村裡討賞若还他不去縣便是黑旋風便使人把盞灌醉綁縛去縣裡便了衆人曰待曹太公商議定了曹太公回家又置酒相待便曰壯士解下腰刀寬坐李逵曰我的腰刀插在雌虎肚裡只是刀靶在此若是開剝虎時可取來还我曹太公曰壯士放心我有好刀相送便問曰不知壯士要將這虎解官請功只是在這里請賞李逵曰我是個過往客人偶然殺了四虎不須去縣請功有便賞發些若无我自去了太公曰如何敢輕慢壯士少刻村中歛取盤纏相送李逵曰布衫借一領與我换了太公教取青细布衲襖與李逵换了只見門前鼓响笛鳴都將酒來與李逵把盞李逵不知是計只顧痛飲不兩時辰把李逵灌得大醉立脚不住衆人扶到空屋下放番在櫈上綁了使令李正去縣裡報知就引李鬼老婆去做原告証明沂水知縣

听得大喜即喚都頭李雲去解來有詩為証

面闊眉濃鬚鬢赤　双睛碧綠似番人
沂水縣中青眼虎　豪杰都頭是李雲

與曹太公議捉李逵

知縣喚李雲分付多帶人去密拿他將李逵解來李雲領命点起三十名士兵各帶器械便奔沂嶺村中來那朱貴听得這個消息慌忙與朱富商議朱富曰大哥不要慌李都頭有一身武藝只可智取不可力敵此人與我最好我有一計今晚備了酒肉下了蒙汗藥明日五更帶着数個人大家挑去半路等他解來只做與他把盞賀喜將衆人都杏了却放李逵朱貴曰此計甚妙可去整頓朱富曰只是李雲不飲酒便麻番了也醒得快日後得知在此安身不得朱貴曰在此賣酒也不濟事不如帶了老小跟我上山入夥却不快活今夜先將車兒載老小行李起身約在十里路外等候我却帶一包家活藥在這里李雲不会吃酒時肉上多糝些朱富便去覓下一輛車子載了渾家兒女先去等候朱貴朱富當夜安頓酒肉將蒙汗藥拌了兩家分各挑一担弟兄四更時分來到路口等候听得鑼响見李雲同士兵把李逵背绑解來朱富向前攔住叫曰賀喜師父小弟備酒來把盞便斟一大鍾把來劝李雲朱貴托過肉來李雲見了慌忙下轎來曰何労賢弟如此朱貴曰聊表徒弟孝心李雲推過來不吃朱貴曰小弟已知師父不飲酒今日這個喜酒也要飲半盞李雲推托不過略吃兩口朱富便揀一塊好肉遞與李雲吃了朱富把酒來劝里正并獵戶等各二鍾朱貴便教士兵们各都來吃了李雲喝教走時只見士兵們麻翻了李雲

李逵沂嶺殺四虎

[illegible]

與曹太公議捉李逵

[illegible]

李雲領肯往捉李逵

已知中計恰欲向前不覺自家頭重腳輕軟做一堆朱富奪過朴刀來殺李雲朱富扯住叫曰他是我師父為人最好你只顧先走李逵曰不殺了曹太公老狗怎出得這口氣便提朴刀剁死曹太公并李鬼老婆里正等都殺了李逵朱貴提着朴刀便要從小路走朱富曰且慢那是我送了師父性命我想他前日教我的恩義等他趕來就請他同去入縣免得他回縣去吃苦朱貴曰我且先去趕着家眷朱富和李逵坐在路傍等候只見李雲提條朴刀飛奔趕來大叫強賊休走李逵見他來得兇起身挺刀來迎畢竟勝負如何且教梁山泊上添双虎忠義堂前慶四人且听下回分解

○第四十一回　錦豹子徑逢戴宗　病關索街遇石秀

豪杰遭逢信有因　連環鈎鎖共相森
矢言一德情堅石　歃血同心義斷金
七国争雄今斷跡　五湖雲擾振遺音
漢庭將相繇屠釣　莫怪梁山錯用心

話說李逵與李雲鬪了十餘合不分勝敗朱富便把朴刀從中間隔開叫曰且不要鬪二人都住手朱富曰小弟多蒙師父指教鎗棒未曾報答只是我兄弟朱貴見在梁山泊做頭領今奉宋公明將令着他來照顧李大哥被你拿了解官我兄弟如何回去見得宋公明因此做下這事恰纔李逵要殺師父却是小弟不肯只殺士兵我想師父回去不得必來趕我却在此相等師父如今殺了許多人又走了黑旋風怎生回去見得知縣不如和我同上山入夥未知尊意如何李雲尋思半晌曰賢弟只怕他那里不肯收留朱富笑曰公明招賢納士如何不容李雲只得同去當日三人來趕車子半路上朱貴接見大喜一起登程至梁山泊大寨聚義廳來拜見晁宋二頭領朱貴曰此人是沂水縣都頭姓李名雲綽號青眼虎朱富綽號笑面虎李逵訴說取娘情由大哭一回晁蓋笑曰我叫你從容差人去接兒有此災衆皆含淚不已晁蓋仍令朱貴去管山下酒店朱富老小另撥房屋住居設設三処酒館專一打听事情延接義士上山本山西路令童威童猛開店令李立山南開店令石勇山北開店仍立水亭號箭接應船隻山前立三座大關令杜遷總行把守但有委用任從調遣又令陶宗旺總督一應修理山路砌築碗子城垣令蔣敬掌管庫藏倉廒出納數目簿籍蕭讓設置中寨山下三關文約號給令金大堅刻兵符印信旗牌令侯健管造衣袍鎧甲五方旗號令李雲監造房舍令馬麟監造戰船令宋万白勝去金沙灘下寨王矮虎鄭天壽去鴨嘴灘下寨穆春朱富管收山寨錢粮令宋清管理筵宴都分付已定忽一日宋江曰公孫一清回家探母今去已久不知消息相煩戴院長去探听一遭戴宗曰小弟便行拜別了衆頭領下山作起神行法投薊州去一日來到沂水縣界只聞人說前日走了黑旋風連累都頭李雲不知去向戴宗听了冷笑當日正行見一個大漢叫一声神行太保戴宗問曰壯士是誰素未曾拜識如何呼我賤名那漢便拜戴宗慌忙答禮曰足下高姓大名那漢曰小弟姓楊名林祖居彰德府人氏原在綠林中安身江湖上都叫做錦豹子在月前酒店上遇見公孫勝先生備說梁山泊晁宋二頭領招賢納士寫

梁山泊上布設規模

錦豹子徑中逢戴宗

下一封書叫小弟自來投寨入夥誠恐不納因此未敢造次曾說山寨中有個飛報頭領喚做神行太保戴宗一日能行八百里今見兄長行步非常因此叫声不期果是仁兄今日天使相会戴宗曰我与尋公孫勝先生不期得遇足下楊林大喜結拜戴宗為兄戴宗收了甲馬二人投店欢飲次日早飯了楊林曰哥〻使神行法小弟去不得戴宗曰我這法也帶得同走便取兩個甲馬縛在楊林腿上自已只縛兩個作起神行法二人走到地名飲馬川楊林曰前面高山必有賊在內二人正來到山下忽然一声鑼响走出一夥小嘍囉攔着兩個好漢各挺朴刀喝曰会事的留下買路錢饒你性命楊林大怒揮鎗奔將入去那上首的大漢便叫那是楊林哥〻楊林認得上首大漢便來相見戴宗問曰那位壯士是誰楊林曰他是襄陽人氏姓鄧名飛因他兩眼紅赤人都叫火眼狻猊能使鐵鏈人皆近他不得鄧飛問曰這位兄長是誰楊林曰是梁山泊好漢神行太保戴宗鄧飛曰莫不是江州兩院長乎戴宗曰小可便是那兩個拜曰久聞大名不想今日得会尋顏戴宗又問曰這位大漢高姓鄧飛曰他姓孟名康乃真定人氏善造船隻因押花石綱要造大船嗔了提調官要責他把本官殺了棄家逃出江湖綠林中安身因他長大都叫他做玉幡竿孟康楊林問曰二位兄長在此聚義幾時鄧飛曰有一年前遇着一位兄長姓裴名宣乃京兆人氏原是本府孔目出身為人忠直聰明人都叫他做鐵面孔目舞得好双劍為一個貪濫知府到來把他刺配沙門島在此經過被我們殺了防送公人救他在此因他年長讓為寨

鄧飛引楊林等到寨

王孩請二位同往小寨相叙片時二人随至寨前裴宣出寨迎接到聚義廳上分賓主坐定設席欵待戴宗談起晁宋二頭領招賢納士結識四方豪傑許多好処裴宣曰小弟寨中有五百人馬金帛十車仁兄不棄可投大寨頗聽號令戴宗大喜曰果有此心收拾行李待小可去薊州見不公孫勝回來同去三人大喜當日吃得大醉次日戴宗楊林相辭下山登程二人曉行夜往來到薊州城識問公孫勝先生並无人知道次日行到大街只見遠地鼓樂迎個人來戴宗楊林立住看時兩小牢子捧着綵繒之物後面青羅傘留個押獄劊子那人生得好表人物鳳眼蚕眉面皮微黃乃河南人氏姓楊名雄因隨叔伯哥〻來蘇州做知府在任而亡一向流落在此後來一個新任知府却認得他因此就恭他做本院押獄行刑劊子更有武藝面皮黃人称他病關索楊雄市背決因回來衆相知與他挂紅賀喜送回家去正從戴宗楊林面前經過一簇人在路上攔住把盞只見小巷裡走出八九個軍漢來為頭的叫做踢殺羊張保乃是蘇州守禦城池軍人帶幾個破落戶吃得半醉見他賞賜得許多緞疋便趕來叫曰節級拜揖楊雄曰大哥來吃酒張保曰我不吃酒特來問你借百十貫錢使用楊雄曰我與你不曾相識如何問我借錢張保曰你今日騙得百姓許多財物如何不借我楊雄曰這是別人與我做好看的怎么是騙百姓張保不應領衆向前把花紅段疋都搶去楊雄大怒向前打那搶物的被張保把胸扭住背後兩個掀住楊雄被二人逼住施展不得只見一個大漢挑担柴來見衆人逼住楊雄動手不得那大漢放

下柴担分開眾人喝曰你們因甚打節級那張保那眼哨曰餓不死的乞丐敢來多管那大漢發怒把張保匹頭只一提攧番在地那幾個被那大漢打得東倒西歪在地張保扒將起來走了楊雄忿怒趕入小巷去那大漢在路口尋人廝打戴宗看了喝采曰此乃路見不平拔刀相助真壯士有詩為證

路旁不平誠可怒　拔刀相助是英雄
那堪石秀真豪傑　慷慨相投入夥中

戴宗石秀酒店相逢

戴楊二人向前劝曰好漢且罷扯到一個酒店那大漢叉手曰多蒙二位解救敢問姓名戴宗曰我乃戴宗楊林外鄉人氏因見壯士仗義只恐拳重失手悞傷人命特地請壯士到此吃幾盃那大漢曰多得二位解折又蒙賜酒却是难當楊林曰四海之内皆兄弟也有何傷乎三人坐定先與酒保銀一兩整過酒來戴宗問壯士高姓那漢曰小人姓石名秀祖居金陵建康人氏自幼學得鎗棒一生執意路見不平便要相助江湖上叫小人做拚命三郎因隨叔父來此販牛馬消折本錢流落在此賣柴度日戴宗曰賣柴怎能勾發跡如今朝廷不明奸臣當道何不去投梁山泊入夥前到招安都有官做石秀嘆曰小弟無門可進戴宗曰壯士若肯去時小可引進叙話將散忽听得外面公人趕入店來戴宗楊林見人多慌忙出店走了石秀起身迎住曰節級那里去來楊雄平身作揖曰總蒙足下救我只顧赶奪段疋回來不見足下人說你在酒店吃酒特尋至此敢問足下高姓石秀通知姓名楊雄大喜喚酒保搬酒過來我今日結拜三郎為兄弟石秀大喜曰敢問節級貴庚楊雄曰我

今年二十九歲石秀曰今年二十八歲就請節級坐拜為哥哥楊雄大喜暢飲幹还酒錢帶石秀回家楊雄便叫巧雲快來與叔叔相見那婦人生辰原是七月七日生因此名做巧雲先嫁薊州王押司兩年身故後嫁楊雄石秀見了忙施禮曰嫂嫂請坐石秀參拜婦人还了兩禮收拾一間

石秀楊雄結為兄弟

空屋石秀安歇了却說戴宗楊林尋問公孫勝兩日絕无下落收拾行李便投飲馬川來邀裴宣鄧飛孟康扮作官軍望梁山泊來見了晁蓋宋江等大喜收為頭領不題且說楊雄丈人潘公邦和石秀開個屠宰鋪店宰猪值冬初石秀換了新衣下鄉買猪兩日同來只見鋪店不開到家看時肉案砧頭都收了石秀忖曰哥哥出外恨言不管家事必然嫂嫂見我做了衣服又兩日不回嫌疑不做買賣我休出言自先辭回鄉便去收拾行李掣帳簿來見潘公潘公安排素食請石秀坐定吃酒石秀曰老丈且敢過遠本明曰帳目我有半点私心天誅地滅潘公曰叔叔何故出此言石秀曰小人離家七年今欲回去走一遭交还帳目今晚相辭明日早行潘公听了笑曰叔叔且住听老漢說明正是報恩壯士提三尺破戒沙門喪九泉

〇四十二回　楊雄醉罵潘巧雲　石秀智殺裴如海

朝看法華經　暮念法華咒　種瓜还得瓜　種豆还得豆　經咒本慈悲　冤結如何救
照見本來心　方便當明鑑　心地若无私　何用求天祐　地獄與天堂　作者还自受

潘公曰老漢知叔叔的意思你只道不開店了因此要去不瞞叔叔說我這小女先嫁本府王押

可不幸故了明日是他周年做功果超度他因歇了此兩日買賣今日請下報恩寺僧來做功德老漢敢煩叔ヒ支持一二石秀曰既然如此再往幾日只見道人挑經担來家舖設壇場建功德楊雄回家分付石秀曰賢弟我今夜却值當年不得回家看顧凡事央你支持石秀曰哥ヒ放

和尚送物潘公敘話

心自去兄弟替你調理楊雄去了只見一個少年和尚入到裡面與石秀打個問訊石秀答礼曰師父請坐隨後一個道人挑兩個盒子入來石秀叫潘公曰有個師父在這里潘公方待出來那和尚曰乾爺如何不到敝寺來潘公曰開店沒工夫那和尚曰先有甚好物相送特只拜馨點茶聊表微意潘公曰如此多謝教石秀收了入去只見婦人從樓上下來淡妝輕抹便問叔ヒ誰送物事來石秀曰一個和尚送來那婦人笑曰是師兄海闍黎裴如海原是裴家絨線舖小官人出家因他師父是我家裡門徒結拜我父做乾爺長奴兩歲叫他做師兄叔ヒ晚間听他請佛念經極好清音石秀曰原來恁地那婦人出到外面那和尚合掌打個問訊婦人曰師兄請坐和尚曰敝寺新造水陸堂正要請賢妹去省只恐節級見怪婦人曰先母死時曾許下血盆經懺也要到寺還原只見了嬛托出茶來那婦人拿起一盞茶雙手遞與和尚那和尚一边接茶兩眼只顧看婦人那婦人嘻ヒ笑着不意石秀在布簾裡張見心中忖曰莫信直中直須防仁不仁我幾番見他对我說風話我只以親嫂待他原來這婆娘不是好婦人走將出來那婦人放下茶盞便曰叔ヒ請坐那和尚虚意問了鄉當便起身曰小僧去接眾僧來赴道場那婦人送了和尚出門自

入裡面去了不多時海闍黎引眾僧赴道場侍茶畢打動鼓鈸海闍黎搖動鈴杵發牒請佛只見那婦人濃素梳妝來到法壇上執炉拈香礼拜那海闍黎念動佛经一堂和尚見那婦人都七顛八倒起來誑盟了請裡面吃齋海闍黎回頭看那婦人那婦人以目送情石秀見了心中火起眾

和尚如海調戲婦人

僧吃了齋復入道場石秀假推肚疼自去板壁後假睡那婦人自去支持做到四更眾僧困倦那婦人叫了嬛請海闍黎說話那和尚來到這婦人向前推住和尚袖子曰師兄明日收功德時就对我爹ヒ說血盆一事不要忘了和尚曰只怕這個叔ヒ好生利害婦人曰他人不是親骨肉海闍黎曰如此小僧放心石秀爆見忖曰哥ヒ恁地豪杰却撞這個淫婦當夜道場滿散婦人上樓去睡次日海闍黎又換一套齊整僧衣逕入來那婦人听得忙下樓來接入裡面坐了婦人曰師兄夜來勞神和尚曰今日特來謝齋答求還心愿請個疏頭婦人請父親出來商議曰我要還血盆經懺明日師父作会先教師兄回寺念经我和你明日去寺裡証明了件大事潘公曰只恐明日買賣要緊婦人曰有石叔ヒ在家不妨便將銀與海闍黎作会錢相別去了傍晚楊雄回家婦人对潘公对楊雄說道我娘ヒ臨死時女兒許下血盆經懺愿與寺明日作会我和女兒去寺裡証明先說與你知道楊雄曰大嫂你对我說何妨婦人曰只怕你嗔怒不敢对你說次日伍更楊雄自去恐卯巧雲起來濃妝淡抹收拾香盒一乘轎子同迎兒潘公抬了衣裳对石秀曰相煩叔ヒ照門前老漢和拙女同去還愿便回石秀笑曰多燒好香回來石秀心中已知其意

和尚如海調戲婦人

和尚物送潘公敘話

如海令頭陀探消息

潘公和迎兒跟着轎子前望報恩寺而來有詩為証

眉眼傳情志不分　禿驢狡恋女欽裙　設言宝刹还心愿　却向僧房会雨雲

那海闍黎賊禿單為這婦人結拜潘公做乾爺只怕楊雄得眼因此不能勾上手自從這一夜道場見他十分有情約定日期賊禿在山門下伺候看見轎子到來喜不自勝向前迎接道婦人和潘公到水陸堂上参礼三宝海闍黎引到地藏菩薩面前証明了請乾爺和尚去吃齋海和尚曰請乾爺和賢妹去僧房拜茶引到小閣房裡潘公和女兒一派坐了和尚对席迎兒立在側边和尚教侍者托出諸般素物排在桌上那和尚斟酒來說道乾爺滿飲此盃老兒飲罷和尚又劝曰无物相待賢妹暢飲一盃迎兒也吃一盃那婦人酒多醉了和尚曰难得賢妹到這里再飲幾盃那婦人醉了情動便曰我要看佛那和尚把那婦人引到楼上卧房鋪得十分齊整婦人看了曰你好個卧房和尚笑曰只是少個娘子那婦人笑曰你便討一個了妨和尚曰那得這般施主那婦人便叫迎兒去看潘公那和尚把楼門拴了向前摟住婦人曰我見娘子十分錯愛难得這個机会作成小僧則個婦人曰奴亦有心久矣奈我丈夫不是好惹的那和尚便抱住婦人向床前卸衣解帯会合雲雨和尚曰你既有心于我死而无怨只是今日要時快活不能終夜欢娱必肤害殺小僧婦人曰我已尋思一計我丈夫一個月二十日當牢上宿我自買迎兒教他每在後門伺候若我丈夫不在我便以燒夜香為号你便入來不妨你尋個報曉頭陀後面敲木

和尚私通後門赴約

魚叫佛便好出去一者得他外面看顧你方知天明和尚大喜婦人曰我快回去你可勿失約那婦人整理雲鬢開了楼門下來教迎兒叫起潘公海闍黎直送到山門外那婦人作別上轎歸家海闍黎本房原有個道人今在寺後小庵中過活每日五更去敲木魚劝人念佛海和尚喚他來房中安排好酒相待又取銀子與他胡道尋思此子必有用我処乃開曰師父但有使令小道即當向前海和尚曰我不瞞你今有潘公女兒和我往來約定後門有香桌在外時便教我去央你先去看探有无我換可去又要免你每日五更可就來後門把大木魚敲高声叫佛我便好出來胡道曰這事容易當得应允有詩為証

従熳偷寒迎禍胎　壞家端的是奴才
請看昔日紅娘子　却把鶯鶯哄出來
又李卓吾先生詩
淫婦淫心不可提　门送温存会賊黎　光頭秃子何堪取
又約衷情在夜時　若无石秀机関到　怎收傷維這路迷
碎骨分骸也不顧　君家躊躇心刷

且說楊雄此日正該當牢未晚自去監裡上宿這迎兒排了香桌那婦人在边伺候初更左側一個人帯了頭巾閃將入來迎兒問曰是誰那人也不应除下頭巾露出光頭婦人見是海闍黎罵一声賊禿到好見識兩個摟抱上楼去了迎兒檯過香桌自大睡了他兩個當夜如魚似水快活淫戲自古歡娛嫌夜短只怨金雞報曉声正在綢繆听得木魚响叫佛和尚婦人夢中驚醒和尚披衣起來曰我去了婦人曰不可負約和尚依然帯上頭巾趕

楊雄醉罵潘巧雲

兒開門放他去了婦人曰自此爲始但是楊雄出去那和尚便來[?]家中潘公未晚先睡迎兒自己做一路了只是瞞石秀自此往來一月有餘石秀有這件事挂心每日委決不下又不曾見這和尚往來每日只听得報曉頭陀來巷裡敲木魚高声叫佛石秀是個乖覺的人思忖曰這條巷是條死巷如何有這頭陀連日早敲木魚叫佛事有可疑當後十一月中旬之日石秀正睡不着只听得木魚直敲入巷裡來到後門口叫道普度衆生救苦救难諸佛菩薩石秀听得叫得蹺蹊便跳將起來去門口裡張待見一個人帶頂頭巾從黑影裡走將出來和頭陀去了隨後迎兒關門石秀咲曰哥哥如此豪杰倒被這婆娘瞞過了做成這等勾當天明把猪出門賣個早市吃飯後逕到州衙前州橋邊迎楊雄問曰兄弟那里去來石秀曰正來尋哥哥楊雄曰我常事官府不曾與兄弟敘話且和你去酒樓上飲敘情兩人進酒店裡坐下叫酒保安排盤饌與楊雄是個性急的人見石秀不悅便問曰賢弟你心中不悅莫不是家中有甚言語石秀曰家中無事小弟感承哥哥把做親骨肉相待有句話說哥哥每日出來承當官府都不知這個娘娘是個不良之婦兄弟已看多遍了尚未敢說今日看得仔細來尋哥哥直言休怪楊雄曰你且說是誰石秀曰前日做道場請那賊禿海闍黎來嫂嫂和他眉來眼去第三日又去寺裡還愿帶酒歸我每日只听一做頭陀五更直來巷內敲木魚念佛被我起來張時看見那賊禿帶頂頭巾從家裡出來這等淫婦要他何用楊雄听了怒曰這賤人怎敢如此石秀曰哥哥息怒今晚都不要說明

石秀辭去別尋店宿

日只推做上宿三更後却回來敲門那廝必然從後門走兄弟一把拿住憑哥哥發落楊雄曰兄弟說得是兩個再飲只見兩個虞候叫楊雄曰那里不去尋節級來知府在花園裡要請節級來教我們使楊雄便教石秀先行自和虞候到後花園中使棒知府大喜賜酒賞了十大鍾楊雄醉了衆人扶歸那婦人見丈夫大醉了和迎兒挽上樓去楊雄坐在床上迎兒去脫鞋婦人與他除頭巾楊雄看見妻子怒上心來罵曰你這賊人腌臢潑婦你那廝敢來大虫口裡倒涎我手裡拿到不得輕放了你那婦人吃了一驚楊雄睡到五更酒醒討水吃那婦人遞水與楊雄吃了桌上殘燈尚明楊雄問曰大嫂你不脫衣來睡婦人曰你吃醉了怕你要吐那顧脫衣楊雄曰我不曾說甚麽來婦人曰往常吃酒醒便睡夜來有些放不下楊雄又問石秀兄弟這幾日不曾和他吃酒婦人也不應坐在床上流泪嘆氣楊雄曰爲何煩惱那婦人曰我爹娘當初把我嫁王押司誰想半路相拋如今嫁你十分豪傑却不睬我做主[?]楊雄曰誰敢欺負你婦人曰我說與你結義兄弟石秀初到家時也好向後見你不回來昨日早晨我在厨下洗面這廝從後面走來看見沒人便伸手來摸我胸前曰嫂嫂有孕也被我打脫了手本待要声張起來又怕隣舍知道取笑等你回來却又醉了又不敢說我恨不得吃了他你还問他怎的楊雄听了大怒便罵曰畫虎画皮難画骨知人知面不知心這廝倒來我面前說海闍黎許多事情不是我親兄弟趕了出去便罷楊雄天明來對潘公曰從今日休要做買賣把肉案都拆了石秀正來開店只見拆了肉案大怒[?]

石秀殺死闍黎頭陀

這是哥々聽了也言是走透消息倒被這婆娘便見識反來誣我若與他爭辯教哥々出醜不如只是別作計較便收拾行李來辭潘公曰今日哥々收拾肉鋪小人告回潘公被女婿分付也不留他石秀相辭去了只在近巷內尋店安歇尋思曰楊雄待我最好要與他明白此事如今且去探他幾時當牢上宿到晚去楊雄門前探聽只見小牢子取鋪蓋出去石秀曰今晚必然當牢上宿四更起來帶了腰刀逕到楊雄後門伏在巷內五更時分只見頭陀挾木魚在巷口探聽石秀閃在背後一手扯住把刀去頭上放着低喝曰你若高声便殺了你々好々實說海和尚叫你來怎的頭陀曰你饒我便說石秀曰快說來我饒你頭陀把根由說了一徧見今海和尚还在他家睡着我說得木魚响時他便出來石秀曰借你衣服木魚与我頭陀把衣服脫下被石秀一刀把頭陀砍死在地穿了衣服把木魚敲入巷內來海和尚听得木魚响連忙起身走出後門石秀只顧敲那木魚海和尚喝曰只顧敲做甚麼石秀也不應讓他走到巷口一交放翻扯住喝曰你若高声便殺了你只待我剝了衣服便叫郎將衣服脫了一刀砍死在頭陀身边撇了兩人衣服捲做一捆回家去睡却說城中一個賣糕粥的王公叫小僕早挑一担糕粥出來趕早市來到屍邊却被絆倒把一担糕粥傾在地下只听得叫道苦也一個和尚醉倒在這裏王公扒起來摸了兩手血叫隣舍听得開門出來把火照時徧地都是血粥兩個死屍擺在地下衆隣舍一齊住老子要去官司陳告正是屋漏更遭連夜雨行船又被打頭風且听下回分解

新刻全像忠義水滸傳十一卷

眾鄰扯住王公去府

○第四十三回　楊雄大鬧翠屏山　石秀火燒祝家庄

古賢遺訓大叮嚀　氣酒財花少去親　李白沉江真鑑識
綠珠索玉更分明　銅山蜀道人何在　爭帝圖王客已傾
奇語縉紳須顛悟　休貪四字自營營

却說眾鄰扭王公到薊州府裡首告知府恰纔陞堂一行人都跪下告曰小人賣粥營生今日起早只顧走路不看下面一交絆着只見兩個死屍在地一時失驚叫起被眾隣舍扭到官下望青天明鏡詳察知府隨即取了供狀教里甲仵作押了王公一干人等檢驗屍首回報殺死僧人係是報恩寺闍黎裴如海傍边頭陀係是寺後胡道二屍不挂一絲胡道身邊兒刀一把頸上各有致死刀痕知府教捉本寺首僧問其緣故俱各不知情由當案孔目稟曰二屍赤体必是和尚幹不公不法之事互相殺死不干王公之事隣舍都召保听候屍首令本寺備棺木盛殮立了文案隨即發落了那薊州城裡有好事都知做成一詞曰

時耐禿囚無狀　做事直恁狂蕩　暗約嬌娘要為夫婦永同鴛帳　怎奈貪淫漏盈玷辱
諸多和尚　遭勒殺死二命于里巷　今日赤條條甚麼模樣　立雪齊腰　授岩猥虎
全不想狙頭経上　目連救母生天　這賊禿為娘身喪

楊雄路上遇見石秀

這件滿城都講動了那婦人聞知大驚只是暗地叫苦楊雄在府裡聞知殺死和尚頭陀猛然省思此事定是石秀做出來我前日一時間錯怪他且去尋他問個真實走過州衙前來撞見石秀便叫兄弟不說謊是我一時酒後失言被那賊婦瞞過了今來尋賢弟請罪石秀曰哥哥我是個頂天立地好漢如何肯做這等之事怕哥哥日後中了奸計因此將和尚頭陀衣服都在此哥哥看楊雄見了心頭火起便曰兄弟休怪我今夜碎割這賤人出這口氣石秀笑曰你又不曾捉得他真姦如何殺得他哥哥依我說此間東門外二十里有座翠屏山好生僻靜哥哥到明日只說多時不曾燒香我今和你同去把那婦人賺將出來帶迎兒同到山上小弟先在那里等候把這是非都對得明白那時隨哥哥發落楊雄曰明日准定和那賤人同來你休要悞了石秀曰小弟不來時此言都是虛謊了楊雄至晚回家都不說話次日清晨起來對潘氏曰我向日許下東門外岳廟燒香昨日夢見神人說我舊願未还今日和你同去拜还潘氏曰你便自去楊雄曰舊愿是說親許下的必須和你同去潘氏曰既是如此即便同行打扮得齊齊整整上了轎子迎兒跟着出得東門來楊雄暗囑轎夫曰與我抬上翠屏山去我自多还你轎錢來到翠屏山都是人家乱坟並无菴舍當下楊雄把潘氏抬到半山教轎夫放下婦人出轎來問曰却怎地來這山裡楊雄曰你只顧且上山去分付轎夫只在此間伺候楊雄引那婦人和四五層山坡到一個古墓裡石秀先在上面見那婦人來到近前曰嫂嫂拜揖那婦人連忙答曰

楊雄割取妻僕心肝

叔叔怎的也到這裏心下大驚石秀曰在此專等楊雄曰你前日對我說叔叔多遍把言調戲你又將手摸你胸前今日這裏沒人你兩個對個明白那婦人曰那過去的事還說地故怎庅石秀睜眼曰嫂嫂你怎說這話正要當哥哥面前說個明白潘氏曰叔叔你沒事自把舊話提做什么石秀曰嫂嫂不要硬爭教你看個証見便去包袱裏取海和尚并頭陀衣服撇在地下曰你認得庅那婦人看了羞言可答石秀颼楊雄曰此事只問迎兒便知詳細楊雄揪過丫頭跪下喝曰你這賤人好好說來饒你性命說了一句先把你剁做肉泥迎兒泣曰不干我事都把諸房中飲酒一事上樓看佛起至每夜偷情事由逐一說明石秀曰哥哥這番不是兄弟教他說的請哥哥問嫂嫂明白楊雄揪住潘氏喝曰賤人丫頭都已招了你抵賴再把实情对我說明饒你性命潘氏只得把偷和尚的事招認 石秀曰你怎的对哥哥說我調戲你潘氏曰前日你哥哥前日醉罵我我只疑是叔叔看出破綻說與他知我都把這假話來支吾实是叔叔並不曾如此石秀曰既是說明白了任從哥哥如何措置楊雄曰兄弟你與我拔下賤人首飾剝了衣裳我親自伏侍他石秀把首飾衣服都剝了楊雄割下兩條裙帶來把潘氏綁在樹上先一刀把迎兒揮做兩段那婦人在樹上叫叔叔救一救石秀不應楊雄把刀指罵曰賤人我一時聽你險些坏了我兄弟情分久後必然被你害了性命這等淫婦不知心肝五臟生得怎的我且看一看一刀取出心肝五臟挂在樹上卻與石秀商議曰姦夫淫婦如今都殺了只是和你如今走那里去安身石秀曰

哥哥不去投梁山泊入夥卻投那里去有詩為証

姦淫婦人說因依　頃刻屍骸化作塵　若要避除災與禍　梁山泊上好安身

時遷叫聲雄秀失驚

楊雄曰只恐那里无相識不肯相留石秀笑曰前日哥哥認義兄弟之時在酒店裡我和他吃酒的那兩個是梁山泊太保戴宗一個是錦豹子楊林他與小弟相投楊雄曰既有門路可望山後走去楊雄便插了腰刀石秀拿了桿棒正行間只見松樹背後走出一個人來叫曰清平世界把人殺了卻去梁山泊入夥我听多時了楊雄看時認是時遷乃高唐州人氏流落在此做些飛簷走壁跳籬盜洞的勾當在薊州府裡吃官司得楊雄救了因此認得人都叫做鼓上蚤怎見得時遷好処但見

骨軟身軀健　眉濃眼目鮮　形容如怪族　走步似飛仙
夜靜穿墻壁　更深遶屋簷　偷營高手客　鼓上蚤時遷

楊雄問時遷曰你要說甚庅時遷曰小人在這里听見哥哥在此行推不敢出來冲撞所說去梁山泊入夥望二位携帶小人同去何如石秀曰既如此便行三人自取小路望山後投梁山泊去了那兩個轎夫在半山裡等紅日平西不見三個下來上山去看時只見一群老鴉啄那肚腸吃轎夫大驚慌忙回家報與潘公一同去薊州府首告知府隨即差縣尉帶了仵作來到翠屏山檢驗屍首回稟知府曰檢得婦人一名潘巧雲剖在松樹边使女迎兒殺死在古墓下遺下一堆和尚衣服知府听了想起前日海和尚頭陀的事眼見得是這婦人與海和尚通奸那使女頭陀作脚這石秀路見不平殺

時遷偷宰店主的雞

紀頭陀和尚楊雄殺死婦人使女只拿這二人便知端的即行文書出給賞錢捕獲將那轎夫放回所潘公收斂屍首却說楊雄石秀時迁離了薊州行到鄆州地面過得香林洼不覺天色晚了望見一座客店三人入到客店問有酒肉麼店主小二曰今賣尽了肉好酒却有時迁曰也罷先借五升米來做飯楊雄取一股釵兒來把與小二買酒石秀見屋簷下插着十数把好朴刀問店主小二曰你店裡怎地有軍器店小二曰俱是主人家留在這里石秀曰你主人是誰小二曰前面高山喚做独龍岡上面便是主人家住宅方圓三百里喚做祝家庄庄主太公祝朝奉三個兒子號為祝氏三傑庄前庄後有七千佃户各家分下兩把朴刀我這里喚做祝家店常有数十個家人來店裡上宿以此分下朴刀在此石秀曰他分朴刀在此何用小二曰此間去梁山泊不遠只恐賊人來借粮因此准備石秀曰我與你貫銭把一把如何小二曰不敢壞了號子都編着字號小人吃不得主人家棍棒石秀曰我自取笑你且吃酒小二曰小人不會吃酒先去歇了楊雄石秀又自吃了一回只見時迁嘻嘻的笑提出一隻老公雞來楊雄問曰那里有這雞來時迁曰小弟去後面淨手見隻雞在籠裡尋思沒甚與哥匕下酒被我悄匕把去溪边殺了煮熟把來與哥匕下酒楊雄石秀曰你只是賊手賊脚三個大笑把雞吃了只見小二一略睡起來把灯前後照看只不見了雞出來問曰客人你好不達理如何偷我店裡報曉雞宰吃時迁曰你見鬼道雞是我路上買來的小二曰我雞紛在籠裡不是你偷是誰石秀曰不要爭值幾貫錢賠你便了

楊雄時遷持刀燒店

小二曰我報曉的雞你便賠我十兩銀子我也不快活石秀怒曰你詐哄誰老爺不賠你便怎的小二笑曰你們休要在我店裡不比別処拿你到庄上當梁山泊賊寇解官石秀听了大罵曰便是梁山泊好漢你怎麼敢拿我們去小二叫声有賊只見店裡走出五六個大漢來打楊雄石秀彼石秀奔起脚倒都打翻了小二待要叫被時迁一掌打腫了嘴作声不得這幾個大漢都從後門走了楊雄曰這厮定去報庄人來我們快吃飽了走了罷收拾行李各人拿了一把朴刀石秀曰左右是左右是休放過他便去点起火把將店房四边燒着三人望大路便走正是

小忿原來為攘雞
便教兵燹及黔黎
智多星用連环計
祝氏庄院作粉齏

三人正走只見後面火把不計其數殺喊趕來石秀曰不要慌等他來楊雄當先石秀在後時迁在中各提朴刀來迎庄客楊雄截街了五七個後面便退石秀赶去攔着六七人庄客都走了石秀等正走之間喊声忽又起不防樹林中简出两條撓鈎把時迁搭住拖入林中去了石秀回身救時又伸出兩條撓鈎來楊雄將朴刀撥開了兩個撓鈎去時迁无心恋戰四下裡尋路便走見東边火把回去了小路上又无叢林树木二人便望東边來大明望見前面一個酒店石秀曰哥匕已買碗酒飯吃了去二人入店倚了朴刀对面坐下叫酒保取酒來酒保排下酒食兩個正吃見外面一人奔入來生得濶臉方腮眼鮮耳大穿領茶褐衫帶頂萬字巾叫曰官人叫你挑担來庄上店主運巫答曰裝了担少刻送來庄上那人分付轉身入門正從楊雄門前過

被箭傷臂杜興護回

見道同唱庄客來捉小人小人飛馬走回李应听了大怒呼庄客快討馬來楊雄石秀諫曰大官人息怒休為小人坏了義氣李应不听披挂上馬拿條點鋼鎗点起三百庄客便行杜興楊雄石秀各挺朴刀相随飛奔祝家庄原來祝家庄四下濶港那庄正在崗上有三層城墻前後兩個庄門兩條吊橋墻裡四面都蓋窩鋪四下裡徧插刀鎗門楼上排戰鼓銅鑼李应勒馬在庄前大罵只見擁出六十騎馬來祝彪當先李应見了祝彪大罵曰你父與我结生死之交誓願同心保護村坊我今二次使人持書來上你怎敢扯破我書恥辱我是何道理祝彪曰我家和你立誓共捉梁山泊草寇掃除山寨你如何結連反賊意在謀反李应喝曰你誣指平民為盜當得何罪祝彪曰賊人時遷已自招了你不必回去連你捉去送官李应大怒拍馬挺鎗便刺祝彪兩人鬬二十合祝彪戰李应不過撥馬便走去祝彪按下鎗拈弓搭箭扭身射來李应急躲早中背上射下馬來祝彪便勒馬來捉却得楊雄石秀按住厮殺祝彪抵当不住回馬便走早被楊雄石秀一刀砍着戰馬後腿那馬負疼險些一把祝彪掀下馬來却得賊從人乱箭來楊雄石秀身无衣甲只得退回杜興背着李应回庄拔出箭矢把金鎗藥敷了廳上在後堂商議楊雄石秀曰既是大官人中箭我們上梁山泊去懇告兄宋二公來與大官人報仇就救時遷李应曰非我不用心实出于无奈便教杜興取金銀相贈楊雄石秀拜辞了李应投梁山泊來望見一処新造酒店入店買酒吃店上石勇來相見了楊雄便問上梁山泊路程石勇曰你二位從那里來楊雄曰我們從蓟州來石勇曰前日戴宗從蓟州來同説楊雄石秀好漢莫非就是二公楊雄石秀答曰小可便是石勇曰可喜二人叙礼畢楊雄石秀把前事説了一徧石勇置酒相待去水亭上放枝响箭只見对港嘍囉摇過船來石勇邀二位上船直到大寨參見晁盖衆頭領晁盖細問二人根由楊雄石秀訴説前事道時遷偷雞事晁盖大怒即令斬首示衆正是

宋江等議打祝家庄

楊雄石秀訴衷情　可笑時遷行不藏
惹得群雄齊發怒　與兵三打祝家庄

宋江曰哥哥息怒兩個壮士千里來投如何斬他晁盖曰這兩個把我梁山泊好漢名目偷雞吃因此連累受辱今日先斬兩人首級号令然後起兵去祝家庄村坊不要輸了鋭氣宋江曰這二位賢弟所説鼓上蚤時遷他是此等人以致惹起此事我听得祝家庄常説要和我山寨為对我今領一支軍馬去掃除他一則與寨不折鋭氣二則免小輩恥辱三則得他錢粮四則説李应上山呉用曰兄長之説極是豈可自斬手足之人衆頭領力劝晁盖免了二人楊雄石秀謝罪了宋江撫慰曰賢弟休怪這是山寨号令如此晁盖教設慶会筵席當晚臨散次日宋江分撥人馬去打祝家庄第一隊撥花栄宋万李俊穆弘李逵楊雄石秀黄信歐鵬楊林帶領三千軍馬前進第二隊撥林冲秦明戴宗張順馬麟鄧飛王矮虎白勝領三千軍馬隨後接應宋清部大寨隨後接应粮草分撥已定到獨龍山前下寨宋江與衆商議先使兩個兄弟去探听路途然後好進兵李逵笑曰哥哥這鳥庄只消我帶一二三百人殺將

楊雄石秀店遇杜興

楊雄記得叫声下郎你却在這里那人回過頭來認着叫曰恩人如何來這里望楊雄便拜楊雄扶起那人來教與石秀相見石秀問曰這位兄長是誰楊雄曰姓杜名興乃中山人氏因為他生得相貌乖人都叫他做鬼臉兒來到薊州做買賣因打死同伴客人吃官司監在薊州府牢裡我見他說起拳棒都省得我一力扶持救他不想在此相会杜興問曰恩人為何公幹到這里楊雄附耳抵言把前事說了一徧杜興曰既然如此恩人放心我教放時迁还你楊雄曰顧兄少坐同飲便問你在此作甚勾當杜興曰小人得恩人救扱离了薊州到此感家大官人見愛收録小人在家中做個主管以此不思回鄉楊雄曰大官人是誰杜興說出這個人來直教祝家庄上兵戈起引出天罡地煞且聽下回分解

○第四十四回　秀段晁蓋　宋江一打祝家庄

杜興曰此間独龍岡上有三座山三個村坊中間是祝家庄西边是扈家庄東边是李家庄惟有祝家最豪杰庄主祝朝奉長子祝龍次子祝虎三子祝彪家中請個教師喚做鐵棒栾廷玉此人有万夫不當之勇庄上自有一二千庄客西边扈家庄七主扈太公有個兒子喚做飛天虎扈成一個女兒最利害喚做一丈青扈三娘能使日月双刀這東村庄上却是我的主人姓李名应使條渾鐵点鋼鎗背藏飛刀五口能百步取人神出鬼沒這三村結下生死之交立下誓愿但有吉凶付刷救应惟恐梁山泊來借粮三村准備抵敵小人引二位到庄見李大官人求書去救時迁楊雄問曰你那李大官人莫不見江湖上喚做撲天鵰的李应杜興曰正是當下杜興还了酒錢三個离店來到李家庄上見兩边有座鎗架明晃晃插滿刀鎗杜興曰兩位哥哥在此少待小弟入去报知杜興去不多時只見李应從裏面出來楊雄石秀看見果然好表人物有臨江仙一首讚曰

鶻眼鹰睛頭似虎燕頷猿臂狼腰疎財仗義結英豪爱騎白雪馬喜着絳紅袍背上飛刀藏五把点鋼鎗斜嵌銀條性剛誰敢犯分毫李应真壯士名號撲天鵰

楊雄對杜興說原因

杜興引楊雄石秀拜見李应連忙答礼楊雄石秀再拜曰望大官人致書與祝家庄求救時迁性命生死不忘李应即時修下一封書差主管騎匹快馬送奔祝家庄去了楊雄石秀拜謝李应曰二位壯士放心小生書去便當放來自請後堂少坐不多時只見主管回來禀曰小人先見朝奉下書到有放还之心後子三傑焦燥起來書也不回定要解官李应驚曰我和他三村結生死之交書到便當依允如何恁的分付杜興你自去走一遭親見祝朝奉問個仔細杜興曰小人再求東人親筆書去方纔肯放李应只得親自寫書封皮上使一個諱字圖書把與杜興徑奔祝家庄去了至晚不見回报李应心中疑惑只見杜興回來恨曰小人到他庄上過見祝彪說明白你庄上人不曉事今早使個潑男女來下書要取賊人時迁我要解他獻州小人說他是薊州客人今投敝庄東人說他燒了店屋明日依泊盜迁就家三個都說不要祝彪將書扯破又說原此東人結下生死之交共禦梁山泊强寇今日反救必

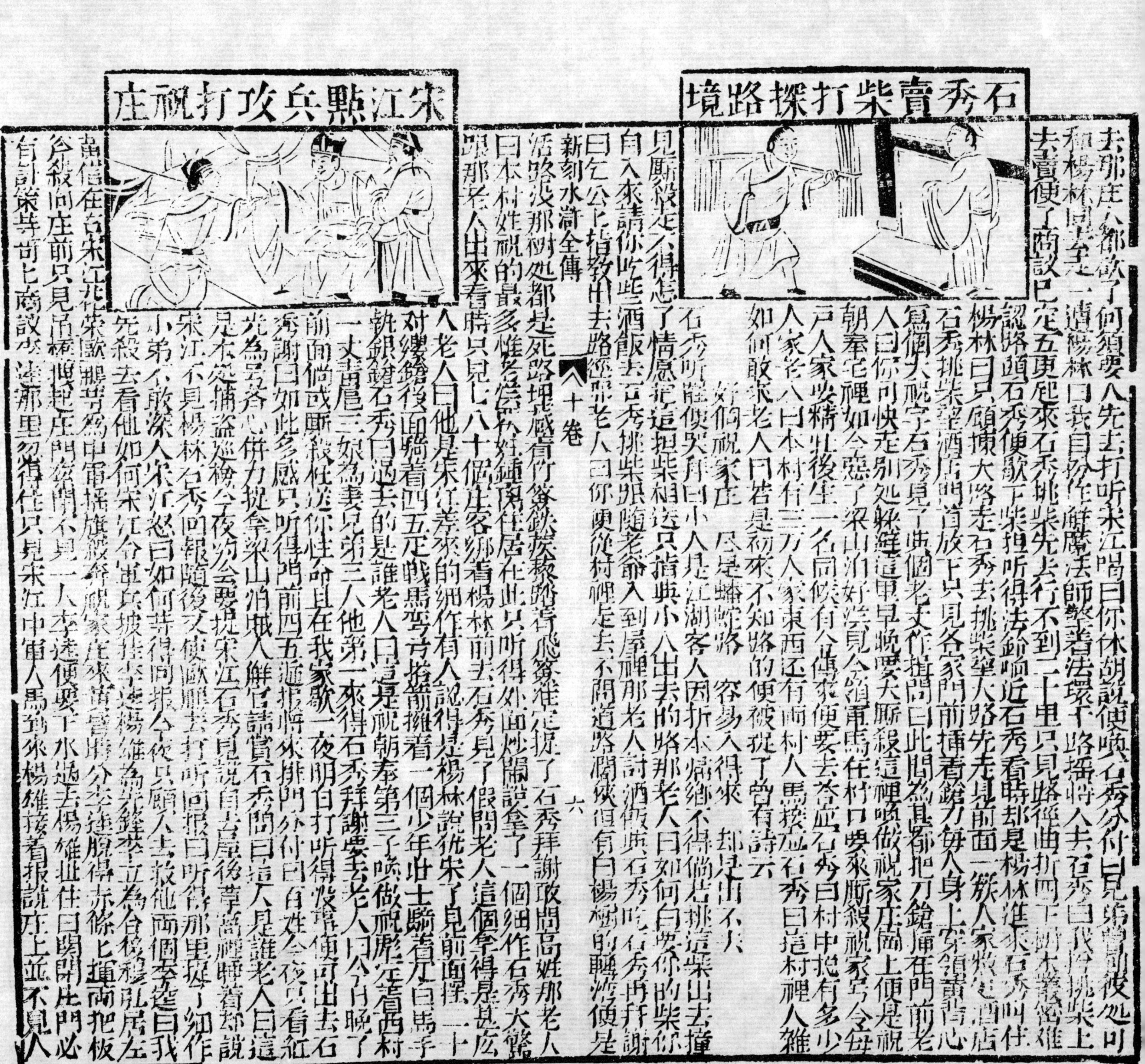

石秀賣柴打探路境

去那庄人都殺了何須要人先去打听宋江喝曰你休胡說便喚石秀分付曰兄弟曾到彼処可和楊林同去走一遭楊林曰我自扮作解魘法師擎着法環于路搖將入去石秀曰我只挑柴上去賣便了商議已定五更起來石秀挑柴先去行不到二十里只見路徑曲折四下樹木叢密難認路頭石秀便歇下柴担听得法鈴响近石秀看時却是楊林進來石秀叫付楊林曰只顧揀大路走石秀去挑柴望大路先走見前面一簇人家數处酒店石秀挑柴望酒店門首放下只見各家門前插着鎗刀每人身上穿領黃背心寫個大祝字石秀見了一個老丈作揖問曰此間為甚都把刀鎗插在門前老人曰你可快走別处躲避這里早晚要大厮殺這裡喚做祝家庄崗上便是祝朝奉宅裡如今惹了梁山泊好漢見今領軍馬在村口要來厮殺祝家守令每戶人家要精壯後生一名伺候有令傳來便要去答应石秀曰村中摠有多少人家老人曰本村有三万人家東西还有兩村人馬救应石秀曰這村裡人雜如何敢來老人曰若是初來不知路的便被捉了曾有詩云

好個祝家庄　尽是蟠蛇路　容易入得來　却是出不去

石秀听罷便哭拜曰小人是江湖客人因折本歸鄉不得倘若挑這柴出去撞見厮殺走不得怎了情愿把這担柴相送只指與小人出去的路那老人曰如何白要你的柴你自入來請你吃些酒飯去石秀拜謝了張随老爺入到屋裡那老人討酒飯與石秀吃了石秀再拜謝曰乞公公指教出去路徑那老人曰你便從村裡走去不問道路濶狹但有白楊樹的轉灣便是

宋江點兵攻打祝庄

活路没那樹处都是死路地埋藏着竹簽鐵蒺蔾踏着飛簽准定捉了石秀拜謝敢問高姓那老人曰本村姓祝的最多惟有我姓鍾離住居在此只听得外面炒鬧說拿了一個細作石秀大驚跟那老人出來看時只見七八十個庄客綁着楊林前去石秀見了假問老人這個拿得是甚広人老人曰他是宋江差來的細作有人說得是楊林說猶未了只見前面擺一十对纓鎗後面騎着四五疋戰馬弓弩簇擁着一個少年壯士騎着白馬手執銀鎗石秀曰過去的是誰老人曰這是祝朝奉第三子喚做祝彪定着西村一丈青扈三娘為妻兄弟三人他第一來得石秀拜謝要去老人曰今日晚了前面倘或厮殺枉送你性命且在我家歇一夜明日打听得沒事便可出去石秀謝曰如此多感只听得門前四五遍扳將來排門分付曰百姓今夜只看紅光為号齊心併力捉拿梁山泊賊人解官請賞石秀問曰這人是誰老人曰這是本處捕盜巡檢今夜約会要捉宋江石秀見說自去屋後草窩裡睡着却說宋江不見楊林石秀回報又使歐鵬去打听回報曰听得那里拿了一個細作小弟不敢深入宋江怒曰如何討得回報今夜只顧入去救他兩個李逵曰我先殺去看他如何宋江令出兵披挂李逵楊雄為前鋒李立為合後穆弘居左黃信在右宋江花榮歐鵬為中軍搖旗殺奔祝家庄來黃昏時分李逵脫得赤條條揮兩把板斧殺向庄前只見吊橋拽起庄門緊閉不見一人李逵便要下水過去楊雄扯住曰関閉庄門必有計策等哥哥商議李逵那里忍得住只見宋江中軍人馬到來楊雄接着報說庄上並不見人

石秀報說白楊路境

馬動静宋江勒馬看時心中疑惑猛想天書上戒說臨敵休急暴足我一時深入重地不見敵軍他必有計快令三軍且退忽听得庄裡信炮一响独樹上千百個火把齊明那門樓上弩箭如雨射來宋江曰取旧路回軍只見後軍報曰旧路都阻塞了宋江令軍兵四下裡尋路奔逃揮起双斧往來尋人厮殺不見一個敵軍前上又放火炮門下喊声震地宋江問曰怎的前面都是蟠蛇路七上又有古竹簽鉄蒺藜遍佈都又了路口宋江曰此是天喪我也正在慌急之際听得左軍振曰石秀來了宋江見石秀奔到馬前告曰哥哥休慌兄弟已知路徑教吾軍只看有白楊樹便走去不要管路徑潤狹宋江傳令只看白楊樹走過五六里前面人馬越添得多宋江便喚石秀問曰怎麼前面賊兵衆廣石秀曰他有紅灯為号只看我軍投東時他便望東撇我軍投西去他便望西阻宋江曰如此怎生奈何花荣拈弓取箭望紅灯射一箭把那紅灯射落山下伏兵不見紅灯便乱竄起來宋江教石秀引路殺出村口只見前面喊声連天一帶火光縱橫前軍林冲接应兵馬到了殺散伏兵宋江令兵乘势殺出村口会合秦明林冲等衆軍令去高阜处下寨點点人馬数内不見鎮三山黄信宋江大驚詢問手下昨夜跟去軍人報曰黄頭領前去探路不隄防芦葦中伸出撓鈎搭住活捉去了宋江聽曰庄不曾打得到折了兩個兄弟怎生是好楊雄曰此間有三村結併東村李大官人前日已被祝彪射了一箭見今在庄上養病哥哥去央他計議可好宋江曰我正忘了教取綵緞一对羊酒并選一騎好馬并鞍轡令林冲秦明守寨宋

宋江備禮求見李應

江帶花荣楊雄石秀來到庄前見拽起吊橋門樓擂起鼓來宋江在馬上呼曰俺是梁山泊義士宋江敬來参大官人別无他意門楼上杜興看見楊雄石秀在内便開庄門放隻小吊橋來見宋江施礼畢楊雄曰這位兄弟便是鬼臉兒杜興宋江曰相煩足下对李大官人說宋江久聞大名无緣拜会今因祝家庄経過特献綵緞名馬羊酒薄礼只求一見別无他意杜興來見李应报宋江求見言語报知李应曰他是梁山泊造反的人我怎好與他相見无私有弊你可回他只說我病卧日再会礼物不敢接受杜興再過橋來見宋江告知宋江曰我特地來問他虚实何故猜疑杜興曰小人頗知此間虚实中間是祝家庄東边是我李家庄西边是扈家庄這三村庄上誓願有事付相救应今番惡了東人不來救应只有西村扈家庄來相助将軍打祝家庄時只要隄防西路那祝家庄上有兩個庄門一座在独龍崗前一座在独龍崗後若打前門不濟事兩下夾攻方可得破前門都是蟠蛇路径潤陕不背但有白楊樹方是活路如无此樹便是死路石秀曰他知今都把白楊樹砍伐了杜興曰虽然砍了樹根尚存只宜白日攻打黑夜不可進兵宋江听說謝了杜興人馬回寨林冲等接着宋江把李应不肯相見杜興言語对衆頭領說了只得計議再去進兵攻打祝家庄李逵曰我先領支兵前去宋江曰你做先鋒不利今番用你不着李逵低頭不应宋江令馬麟鄧飛欧鵬王矮虎四個跟我親自做先鋒第二点戴宗秦明楊雄石秀李俊張横張順白勝准備下水路進攻第三点林冲花荣穆弘李逵分作兩路策应分撥已定宋

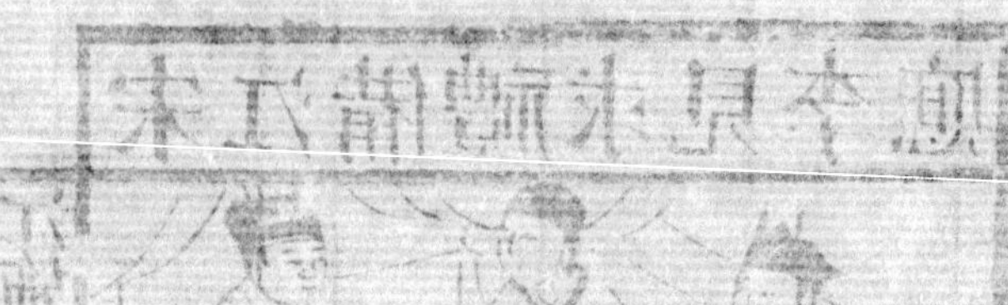

杜興回言指點路境

江親自攻打頭陣須着四個頭領一百馬軍一千步兵殺奔祝家庄独龍崗前宋江看那祝家庄

有篇古風讚曰

独龍山前独龍崗独龍崗上祝家庄遶江一帶荒流水周匝盤恒皆垂楊墻外紛紛罗劍戟門前密密排刀鎗飄揚旗幟鸞鵲紛紜劍戟牛光芒硬弩強弓学要路灰瓶砲石護城垣对敵尽皆雄此上當鋒都是少年郎祝龍出陣真难敵祝虎交鋒誰敢當更有祝彪多武藝叱咤之声似霸王朝奉祝公謀略廣金銀罗綺滿千箱樽酒開時延好客山林鎮日会豪強久共三村盟誓願掃除強冦保村坊白旗一对門前竖上面明書字両行填平水泊擒晁盖踏破梁山捉宋江

宋江看両面旗上所書大怒誓曰我若不打祝家庄不回梁山泊傳令留下弟二撥頭領攻打前門自部人馬轉過独龍崗後看都是磚墻石壁把得齊密正看之間只見正西一彪軍馬吶喊殺來宋江令馬麟鄧飛把定祝家庄後門自帶歐鵬王矮虎前來迎敵只見山坡下三十騎軍擁着一員女將正是扈家庄一丈青扈三娘馬上輪兩口日月雙刀引着三五百庄客前來策应宋江曰扈家女將想是此婦郎令王矮虎驟馬挺鎗迎敵鬥到十合王矮虎是個好色之之徒只看女親鎗法乱了回馬要走被一丈青赶上輕舒猿臂將王矮虎活捉去了歐鵬見捉去王矮虎便拍馬來救一丈青復回舞刀與歐鵬戰鬥鄧飛見女將驍勇挺鎗拍馬來助戰祝家庄内慌一丈青有失慌忙開了庄門祝龍引五百餘人赶來馬麟看見舞双刀迎住宋江見馬麟戰

王矮虎迎敵扈三娘

祝龍不過歐鵬戰一丈青不下正在慌裡只見秦明軍馬殺來宋江大叫秦明奮力來戰祝龍兩個鬥了二十合祝龍鎗法漸乱忽庄門開処教師欒廷玉驟馬挺鎗殺來歐鵬便來迎住欒廷玉斯殺廷玉收住鎗刺斜裡便走歐鵬拍馬赶去被欒廷玉一飛鎚打番下馬鄧飛大叫迎奔廷玉宋江急令後軍救起歐鵬上馬那祝龍敵秦明不過勒馬便走欒廷玉撇了鄧飛便來戰秦明二將鬥了二十合不分勝敗欒廷玉賣個破綻跑馬望荒坡便走秦明不知是計直赶將去四下伏兵見秦明馬到拽起絆索來連人和馬都絆番了鄧飛見秦明絆倒急來救時亦被伏兵撓鈎活捉去了馬麟撇了一丈青急來保護宋江望南而走背後欒廷玉祝龍一丈青分頭赶來宋江正在危急只見穆弘引兵從正南殺來東南上又有兵來却是楊雄石秀東北上又有兵到乃是花榮三路兵馬來戰住欒廷玉那祝彪在庄上望見敎祝虎守庄自引五百人馬殺來一齊混戰庄前李俊張橫張順欲下水過庄去被庄上乱箭射來不能下手戴宗白勝只在对岸吶喊宋江見天色將晚令衆頭領且戰且走正行之間只見一丈青飛馬殺到宋江措手不及拍馬望東而走背後一丈青緊追正待赶上只見山坡上一將大叫曰那鳥婆娘赶我哥哥那里去宋江看時却是黑旋風李逵輪斧赶來一丈青拍馬望樹边走只見樹林內轉出林冲喝曰婆娘走那里去一丈青輪刀直取林冲林冲挺丈八蛇矛迎敵兩個戰不到十合林冲賣個破綻一丈青使刀砍入林冲把蛇矛逼開輕舒猿臂將一丈青活捉過馬來綁了宋江看見喝采

廷玉槌打歐鵬下馬

遂取路過村口來當夜衆頭領无心恋戦都回村口來視家庄人馬亦回庄去祝龍教把捉到的賊將用陷車囚了等捉得宋江一齊解去東京請功扈家庄把王矮虎解送祝家庄來了宋江收何人馬到村口将一丈青着四個頭領連夜送到梁山泊與我父親宋公处收管衆頭領只道宋江自要此女子皆小心送上宋江又令送歐鵬上山去将息是夜宋江在帳中納悶不在話下且听下回分解

○第四十五回 解珍解宝双越獄 孫立孫新大劫牢

忠義立身之本 奸邪壞国之端 狠心術倖濫居官
致使英雄扼腕 奪虎机謀可惡 劫牢計策堪觀
登州城郭痛悲酸 頃刻尸横偏滿

却說山東海边有個登州城外有座山多有豺狼虎豹為患登州知府拘集獵戶當廳委了限狀捕捉大虫又仰山前山後里正之家也要捕虎限狀如違限期當者枷号不恕登州山下有一家獵戶弟兄二人哥哥做解珍綽号兩頭蛇解宝綽号双尾蝎各能武藝那使渾鐵点鋼叉父母俱亡未曾婚娶解珍七尺身材紫糖面色細腰闊膀解宝亦身長七尺面圓身黑兩隻股上刺兩個飛天夜叉為人最是性急弟兄兩個當官立了限狀回家整頓窩弓藥箭穿了豹皮褲虎皮套衣拿了鋼叉兩個逕奔上山下窩弓去樹上等了一日次日又上山伺候到五更又沒動靜二人移了窩弓來西山上守等又等不着弟兄嘆曰限三日內要討大虫這時受責怎生是好到第三日二人夜間守至

解珍大罵太公盜虎

四更忽听得窩弓發响兩個拿着鋼叉四下看時只見一隻大虫中了藥箭在地上滾兩個提鋼叉向前那大虫見人來吼一声滾将下山在毛太公後園去了弟兄二人來投毛太公庄上敲門庄客報與太公知道出來解珍解宝放下鋼叉作揖曰伯伯今日太公特來拜擾太公曰賢姪來得這早有甚話說解珍曰小姪蒙官司委限文書捕捉大虫今早五更射中一個大虫却從山上滾下在伯伯園裡望煩借路取大虫解官太公曰不妨既是在此後園請少坐吃早飯去取教庄客安排酒飯相待二位吃了酒飯解珍謝曰多謝伯伯望煩引去取大虫太公引二人到庄後將鑰匙開門百般開鎖不得太公曰這門多久不曾開敢是鎖鏽了教庄客取鐵鎚打開衆人入園尋時不見大虫只見草都滾倒了又有血跡解珍曰必是伯伯家庄客扛去太公曰我的庄客如何知有大虫在此你見敲開鎖來尋解珍曰伯伯还我大虫去解官太公曰我好意請你吃酒飯倒來賴我取大虫解珍曰你家見當里正也委日限文書見將去請功我兄弟吃限棒與我拽一拽太公曰家有內外兩個好不達理解珍解宝心中火起便將廳上椅桌打碎出門罵曰盜我大虫和你官司理論出去

解氏深机捕獲 毛家巧計牢籠 當日因爭一虎 後來引出双部

解珍兄弟正罵之間遇見太公兒子毛仲義解珍曰你家收藏我的大虫是何道理毛仲義曰我父親不是你二人不要發怒隨我到家討还你解珍解宝再入門來仲義教關上庄門喝㸃下手

兩廊走出二十個庄客把解珍解宝綁了毛仲義曰我昨夜射的大虫解州討賞你來混頼乘况搶擄家得何罪原來毛仲義先將大虫解州討賞帶公人來捉解珍解宝中了他計分所不得太公將二人使的鋼叉并打碎什物家伙把解珍解宝二人綁了到庄客解上州來這本州王案孔

珍寶哀投樂和傳信

目姓王名正却是毛太公女壻先去知府面前說將解珍解宝押到厛前知府教綑番便打定要兩個招做混頼大虫各執鋼叉搶奪財物解珍解宝吃拷不過只得依他招了知府教取兩面回枷釘下大牢裡去了毛仲義回庄商議不若結果他兩個便除後患當時父子到牢裡來見節級姓包名吉得太公銀兩喝教牢子押兩個入大牢去那一個小牢子把他兩個帶入牢裡便曰你二人認得我庅我是孫提轄妻弟解珍解宝曰孫提轄是我姑舅哥七足下莫非樂和么小節級曰正是樂和祖貫茅州人氏先祖挈家在此將姐七嫁与孫提轄為妻我曰在這州里做牢子人見他会唱曲都叫做鐵叫子樂和姐夫見我武藝教他學鎗法在身詩曰

玲瓏心地衣冠整　俊俏肝腸話語清
能唱人称鐵叫子　樂和聰巧是天生

樂和是個聰明伶俐的人諸般兵器尽皆曉得見解珍解宝是個好漢有心救他謂之曰如今包節級受毛家錢財必然害了你兩個性命怎生是好解珍曰我有個好姐七是我姑娘的女兒與孫提轄為妻見在東門外十里牌住叫做母大虫顧大嫂開張酒店我那姐七一身武藝央你寄信把我的事說與他知姐七必來救我樂和听了便去買裁燒餅肉食與解珍

解宝吃了逕奔東門外十里牌來見酒店裡一個婦人生得眉粗眼大胖面肥腰插一頭異樣釵鐶坐在櫈上樂和入店曰小人是孫提轄妻弟樂和顧大嫂笑曰原來是樂和旧且請裡面拜茶樂和坐下顧大嫂問曰甚風到此有甚話說樂和荅曰今日厛上發下兩個罪人進牢是解珍解宝

樂和入店見顧大嫂

顧大嫂曰這兩個是我兄弟不知因犯何罪樂和曰他因射得一個大虫被本鄉毛太公賴了又把他強扭做賊搶奪家財解入州來他上下使了財物早晚包節級要結果兩個性命與小人報知除是姐七參救得他顧大嫂听罷叫声苦也叫火家去尋二哥來說話不多時孫新回與樂和相見有詩為証

軍班才俊子　眉目有神威
胸藏鳴鵠志　家有虎狼妻
鞭起烏龍尾　鎗來玉蟒飛
到処人欽仰　孫新小尉遲

孫新总是瓊州人氏軍官子孫調來登州駐扎弟兄就此為家新生得身長力壯使得幾路好鞭因此人喚做小尉遲顧大嫂將解珍解宝被陷受虧事節從頭與孫新說了一徧孫新曰既然如此教旧七先回待我商量却來相投樂和曰但有用小人処尽心出力顧大嫂置酒相待取出一包銀子付與樂和曰煩将回將去牢裡散與衆人贈顧兩人樂和收了辞謝自回顧大嫂和孫新商議曰你有甚計策救我兄弟孫新曰毛太公有錢勢他防你兄弟出來害他若不去劫牢難以救他顧大嫂曰我和你今夜便去孫新笑曰你若不得哥七和這兩人時行不得這件事顧大嫂曰是誰孫新曰為頭的姓鄒名淵原是萊州人氏為人忠良慷慨江湖人称他做出林虎第二個鄒潤是

他侄兒身材長大腦後生一個肉瘤號為獨角龍與人爭直撞折一株樹今在登雲山中打劫許他來助此事便行矣大嫂曰此去登雲山不遠你去請他來商議孫新即去請鄒淵鄒潤來店坐下把前事與他說了商議劫牢一事鄒潤曰我若幹這個事有個安身去処不知你夫婦肯去麼

火家推車接孫提轄

顧大嫂曰甚麼去処鄒淵曰如今梁山泊宋公明招賢納士我有三個相識在彼一個楊林一個鄧飛一個石勇我們救了你兄弟都上梁山泊入夥顧大嫂曰最好鄒潤曰我們倘或得了人登州軍馬追來怎了孫新曰我哥々見做本州兵馬提轄我明日自去請他商議鄒潤曰只恐怕我哥々不肯落草孫新曰我自有良法當晚吃酒安歇次日孫新使個火家推一輛車子入城中取哥々孫提轄并嫂樂大娘說家中二嫂害病沉重便要來家看覷火家推車去了孫新在門前伺候不多時望見車兒來了載着樂大娘子孫提轄騎馬來孫新入報顧大嫂得知分付曰只依我如此事孫新出來接見哥嫂下車那孫提轄入門來好條大漢淡黃面皮一部落腮鬍八尺身材號為病尉遲能射硬弓騎劣馬使條鐵鎗腰插一條虎眼竹節鋼鞭有詩讚曰

鬍鬚黑霧飄　性格流星急　鞭鎗最熟慣　弓箭常溫習

闊臉似妝金　雙睛如點漆　軍班是姓名　尉遲是孫立

孫立問曰兄弟娘子患甚麼病孫新答曰他病蹺蹊請進房裡去看孫立同妻子進房裡只見顧大嫂出來鄒淵鄒潤隨後孫立問曰嫂弟婦患甚麼病顧大嫂曰我患救兄弟的病孫立曰救甚

麼兄弟顧大嫂曰今日事急只得实告這解珍解宝被毛太公與王孔目設計陷害我要劫牢救他投梁山泊入夥恐怕明日事発負累伯々故說有病待請伯々嬸々到此說個明白孫立曰我是登州軍官怎敢做這逆事顧大嫂曰既是伯々不肯我今日先和伯々鬧起顧大嫂鄒淵鄒潤各拔出短刀在手孫立曰休要急速待我從長商議顧大嫂曰若是伯々不肯去時先送嫂々前往我們即便自去下手孫立嘆曰你眾人既是如此我要替你們官司受苦不如都做一処罷可商議定了行事先令鄒淵去登雲山下樂收拾財物來店取齊又使孫新與樂和暗通消息次日鄒淵收拾都來相助孫新家裡也有七八個火家并孫立帶來十數個軍漢共有四十餘人孫新宰了豬羊眾人吃了一飽教顧大嫂藏了尖刀扮作送飯的婦人去了孫新孫立鄒淵鄒潤各帶了眾人分做兩路入去正是

捉虎反成縱虎災　貪官污吏巧安排

樂和不去通關節　怎得牢城鐵鎖開

孫新逼兄同劫牢獄

當日樂和正在獅子口边只听拽得鈴子响樂和曰甚麼人顧大嫂應曰送飯婦人樂和便開門放顧大嫂入來右廻廊下走包節級喝曰這婦人是誰敢進牢裡送飯樂和曰是解珍解宝姐々包節級喝曰休放他入去樂和開了牢門解珍解宝問曰舅々夜來所言的如何樂和曰你姐々入來只等前後相应樂和便把匣床開了只听小牢子入來報曰孫提轄敲門要入來包節級曰他來牢裡何幹休要開門顧大嫂大叫曰我的兄弟在那里

孫立獻計宋江筵待

身边拿出两把尖刀包節級見了便走解珍解宝提枷從牢眼裡鑽將出來正迎包節級一枷梢把腦蓋打得粉碎顧大嫂手起殺番小牢子出州衙門便走鄒淵鄒潤從州衙裡提出王孔目頭來市上奔出城去孫提轄騎馬彎弓搭箭押後州裡軍兵誰敢攔當衆人出城扶挽樂大娘子上車顧大嫂上馬押車解珍解宝曰回耐毛太公老賊如何不殺他孫立令孫新樂和保護車仗前行自引解珍解宝鄒淵鄒潤逕奔毛太公庄上毛仲義正與毛太公慶壽飲酒衆人殺入去把毛仲義一門老小尽行殺了入臥房搜檢財物衣服金銀將庄院燒了各人上馬趲隨車仗行了三日到石勇酒店鄒淵等與他相見了問楊林鄧飛二人石勇曰二人跟宋公明去打祝家庄便把失利事從頭說了一徧孫立听罷曰我與衆人郎投大寨入夥正沒半分功劳獻個計策打破祝家庄以為進身石勇大喜曰願聞良策孫立曰欒廷玉和我共師父教武藝彼此各知其能我們只做登州所調來鄆州守把逕過來此相望他必然接納我們裡应外合必成大事說猶未了校報曰吳軍師下山來往祝家庄接应到來石勇接入店內相見備說投夥獻計一事吳用大喜曰既然衆位肯作成乃天之幸也孫立等依計而行吳用先來寨内見宋公明備說起相識是登州兵馬提轄病尉遲孫立和這祝家庄教師欒廷玉共師父今來共有八人投入大寨入夥獻計以為進身之功今計定了隨後便來恭見兄長宋江听罷大喜分付安排酒席相待只見孫立引解珍解宝鄒淵鄒潤孫新顧大嫂樂和來參宋江叙礼已畢就席管待吳用暗傳号令與衆人教第三日如此如此孫立等領了計策人馬投祝家庄來吳用曰煩戴院長到山寨取四個頭領來有事商議直教三庄龍虎相逢日地煞風雲際会時畢竟那四個頭領來且听下回分解

第四十六回　吳用双用連环計　宋江三打祝家庄

人强馬壯踏英豪　虎噬狼吞滿四方　妙計良謀惟學究
時雨高明羨宋江　可笑廷玉无計策　三庄人馬世无双
天教孫立來相助　三村尸首滿郊荒

扈成賫羊酒見宋江

只見軍士來報西村扈家庄上扈成賫羊酒來求見宋江令請入來扈成入到帳前再拜懇曰小妹年幼逞一時之勇冒犯虎威昨日被擒奈緣原許祝家庄上救应若蒙將軍饒放但要之物當依奉命宋江曰祝家庄那厮无礼平白欺負我山寨虽與你扈家庄无冤只是你令妹捉我王矮虎因此拿了你令妹你把王矮虎还我我便把令妹还你扈成曰不期已被祝家庄拿去小人怎敢宋江曰你取不得王矮虎还我如何能彀得你令妹回去吳用曰小生有一言今後祝家庄但有响咆你們切不可救護倘或祝家庄有人來投你時你綁縛在彼那時放还你令妹只是目前使人送上山寨安置宋公処你放心回去扈成拜去了且說孫立把旗号上改作登州兵馬提轄來到祝家庄後門庄上人望見是登州旗号報入庄來欒廷玉听是提轄便放吊橋開門迎接孫立施礼畢欒廷玉曰賢弟在登州把守如何到此孫立曰總兵府行文書換調我來鄆州把守閉防梁山泊强寇聞知仁兄在此庄上故來

拜望仁兄廷玉曰連日與梁山泊厮殺已拏得幾個頭領在莊待捉了宋江賊首一併解官今得賢弟來此鎮守實乃天幸孫立笑曰小弟不才且看相助捉拿此賊全兄長之功廷玉大喜引入庄裡與祝龍父子相見禮畢廷玉便付祝朝奉曰我這賢弟孫立號病尉遲為登州兵馬提轄今奉總兵府調他來鎮守鄆州祝朝奉曰如此老夫亦是治下孫立曰卑小之職何足道哉祝家三傑相請眾位等坐祝龍動問眾位來歷孫立指孫新解珍解寶道三個是我兄弟指樂和曰這是登州差來公吏指鄒淵鄒潤曰這是登州差來重言祝朝奉見是聰明見他又有許多行李人馬又是廷玉教師兄弟並无疑心便設筵管待庄客報曰宋江又有軍馬殺奔庄上來祝氏三傑披挂了出庄前鳴鑼擂鼓擺成陣勢祝朝奉立在庄門前左边孫立右边欒廷玉只見宋江陣前林冲大駡月狗祝龍大怒挺鎗拍馬直取林冲兩個交戰三十餘合不分勝敗兩边鳴鑼各回本寨祝虎大怒提刀上馬逕到陣前來與穆弘交戰三十合不分勝敗祝彪孫立見前隊厮殺心中忍耐不住喚孫新取我鞭鎗來披挂上馬飛奔陣前喝曰賊子向前決戰宋江陣內石秀出馬與孫立戰到五十合孫立賣個破綻讓石秀撚一鎗來却虛閃過了把石秀提過馬來到庄前撇下孫立喝令綁了祝氏三傑把宋江軍馬趕散了收兵回到庄內眾皆拱手欽服孫立問曰共捉得幾個賊人祝朝奉曰首先捉了時遷後拿楊林又捉黃信扈家庄捉王矮虎秦明鄧飛今番將軍捉了石秀共計七個孫立曰不要坏他造七輛囚車陷了與他酒食捉了宋江一起解京祝朝奉

陣上孫立假捉石秀

新刻水滸全傳　十卷　十三

曰今幸提轄相助想是梁山泊當滅便請孫立後堂筵宴飲酒各散孫立暗地使鄒淵鄒潤樂和去後門看了出入門路楊林鄧飛見了鄒潤心中暗喜樂和見人透個消息與眾人知了顧大嫂在裡面看了房門出入直至第五日孫立與眾人都在庄上閑坐只見庄兵報曰今日宋江分兵四路來打本庄孫立曰不要慌先預備撓鉤套索須要活捉殺死不算庄上民兵披挂了祝朝奉親自出庄門看見正東上一彪人馬當先一個頭領林冲背後便是李俊阮小二正南上又有五百人馬當先乃是花荣隨後是張横張順正西上五百人馬當先三個頭領乃是穆弘穆春李逵四下戰鼓齊鳴欒廷玉曰今日不可輕敵我出庄門殺正西北人馬祝龍出前門殺正東人馬祝虎出後門殺正西人馬祝彪出前門捉宋江是要緊的賊首祝朝奉大喜各人帶了三百餘騎奔出庄門此時鄒淵鄒潤各藏利刃解珍解寶身藏兵器不離後門孫新樂和守定前門顧大嫂先使人兵保護樂大娘子只听消息便下手孫立帶了軍兵立在吊橋上門前孫新便把旗號插起在門樓上樂和提鎗唱殺祝家庄上擂鼓放砲開了前後門放下吊橋一齊殺來四下分投厮殺庄後唱入來鄒淵鄒潤聽得樂和唱呼哨幾聲把守監房各欲奪十個開了陷車放出七個頭領各尋器械顧大嫂便掣出兩口板刀奔入房中將女人盡行殺了祝朝奉見勢頭不好却要投井早被石秀砍翻取了首級那十個好漢分投來殺庄兵後門解珍解寶放起火來黑焰冲天祝虎見庄內火起奔回來救孫立守住吊橋喝声那里去祝虎大驚撥馬奔走宋江呂

宋江分兵四路攻打

方郭盛把祝虎迎入和馬搠死在地衆軍剁為肉泥孫立孫新迎宋江入庄且說東路祝彪聞知
消息急回馬奔庄而走撞着黑旋風李逵輪雙斧砍倒馬腳掀下馬來殺死祝彪那祝龍見庄兵散
卻直投扈家庄來投扈成教庄客綁縛解來見宋江卻遇李逵一斧砍翻祝龍頭來李逵又輪雙

宋江叙金帛賞老人

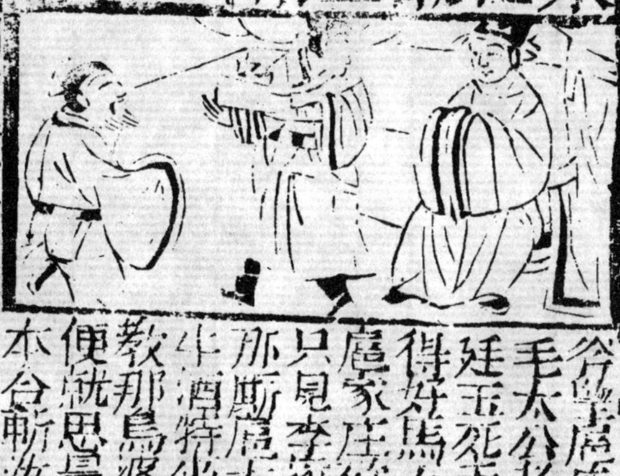

斧望扈成庄上殺來扈成拍馬撇家逃命投延安府去了李逵搶入扈家庄把扈太公老小盡行殺了收拾財物稍搭行四五十馱將庄院燒了特來請功欒廷玉死于亂軍之中宋江在祝家庄上坐下衆頭領都來獻功生擒五百人奪得好馬五百疋宋江大喜曰只可惜殺了欒廷玉正嗟嘆間人報黑旋風燒了扈家庄砍得頭來獻功宋江曰前日扈成已來投降誰教你去殺人燒他庄院只見李逵一身血跡直到宋江面前曰祝龍祝彪都是小弟殺了只走了扈成那廝扈太公一家老小殺得乾淨兄弟特來請功宋江喝曰你見扈成前日牽牛擔酒來投降你如何擅自殺他一家故違將令李逵曰哥哥忘了那廝前日教那鳥婆娘追趕哥哥要殺你今日卻來做人情哥哥又不曾和他妹子成親便就思量阿舅宋江喝曰我如何肯要這婦人自有個處置你這廝違我將令本合斬汝殺祝龍祝彪功勞折過了下次違令定行不恕李逵笑曰雖然無功我到殺得快活當日吳用引人馬都到庄上賀喜宋江與吳用商議要把祝家庄村坊洗蕩了石秀稟曰前日這里得鍾離老人引路救濟之恩亦有此等善心良民在内也不可屈坏宋江便令石秀去尋那老人來石秀去不多時引鍾離老人來見宋江宋江教取金帛賞了曰不是看你有恩

林冲花榮劫奪李應

將這村坊尽數洗蕩了鍾離老人上拜宋江又曰我連日廝殺了百姓今日得破此庄各家賜糧米一石以安民心就令鍾離老人為頭給散與人一面把祝家庄燒做白地糧米尽數裝載上車銀兩布帛賞大小三軍衆頭領收拾上山村坊人等扶老攜幼香火燈燭于路拜謝宋江令衆將分作三隊而行李應卻緩將息箭瘡未復閉門在庄上不出只見庄客報曰有本州知府帶領五十來人到庄李應教杜興開庄門迎接到前所知府下馬到廳中間坐下身傍兩個孔目從人分立兩边李應拜罷立在廳下知府問曰祝家庄被殺一事如何李應曰小人因被祝彪左臂射了一箭閉門未出不知其事知府喝曰胡說祝家庄見狀告你結連梁山泊強寇引誘兵馬破了庄你前日又受他鞍馬羊酒如何賴得過李應告曰小人是知法度的人怎敢受他礼物知府曰難信你說且捉去府中與他對詞喝教獄卒縛了李應知府上馬又問曰那個是主管杜興杜興答曰小人便是知府曰狀上也有名一同鎖去行不過三十餘里只見林子裡閃出宋江林冲花榮楊雄石秀擁住去路林冲喝曰梁山泊好漢在此知府撇了李應杜興逃命去了宋江曰與李應杜興解索開鎖牽馬來與他騎了便曰且請大官人上梁山泊躲避幾時如何李應曰我是良民怎肯隨你上山宋江曰官司怎肯與你干休既是大官人不肯落草且在山寨中稍住數日打听得你家没事了送你下山來不遲當下李應杜興同行大隊軍馬盡回到梁山泊了寨裡晁蓋引衆人吹打鼓樂下山一接錢酒都到大寨聚義廳上坐下請上李應與頭領相見李應稟曰小可二送

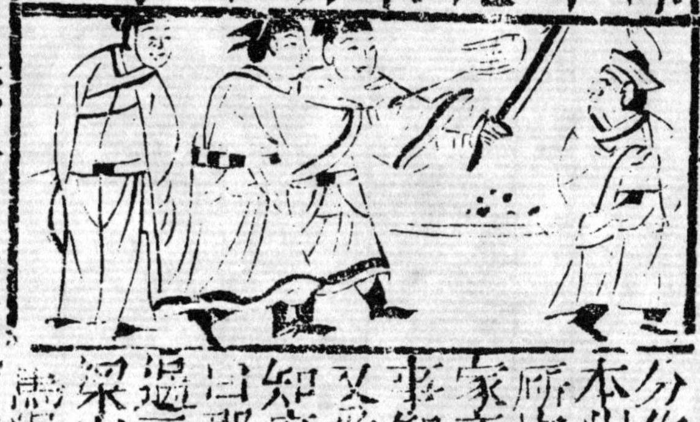

衆新頭領飲宴慶賀

轉回到大寨只不見家中老小如何可令小人回去看視則個吳用笑[illegible]令官人寬着心都取到山寨了莊上已都燒做白地大官人却回那里去李應不信早見車仗人馬到來李應看時都是生各和老小人等李應問時妻子曰你被知府捉了來隨後又有兩個巡檢領二百士兵到來抄扎家私把我們上了車將家中一應箱籠牛羊馬疋都馱了來放火燒了莊院李應聽罷只得叫苦晁蓋宋江都下廳伏罪曰我等兄弟們久聞大官人好處因此行出這條計來万望大官人恕罪李應无奈只得隨順了宋江曰且請宅眷後房中安歇請李應至廳前叙話宋江便令殺牛宰馬設席與大官人陪話慶賀新上山的十二位頭領乃是李應孫立孫新解珍解寶鄒淵鄒潤杜興樂和時遷女頭領扈三娘顧大嫂同樂大娘子李應宅眷在後堂另做一席飲酒至晚各散次日宋江教另排筵席主張一丈青與王矮虎為夫婦衆頭領都稱讚宋公明仁德飲宴間山下有人來報朱貴酒店裡有個鄆城縣都[illegible]要見頭領晁蓋宋江聽罷大喜曰兄遂平生之願正是兩番勞務逢因義一個軍師智隱情且聽下回分解

新刻全像水滸傳十卷終